魔幻偵探所

53

古鏡

關景峰 著

新雅文化事業有限公司
www.sunya.com.hk

魔幻偵探所

人物介紹

南森

身分：魔幻偵探所創辦人、領頭羊

年齡：120歲

畢業學校：斯塔福德學院（伏魔系）

學位：博士

捉妖經驗：108年，獲得「捉妖能手」、「怪獸剋星」等稱號

性格：遇事鎮定、善於思考，生氣時聽到幾句好話氣就消了

最具殺傷力的武器：
顯形粉、捆妖繩、無影鋼鐵牆

海倫

身分：魔幻偵探所成員，南森的得力助手

年齡：13歲

畢業學校：劍橋大學（法術系）

學位：學士

性格：開朗、逢事觀察細緻，吵架時總讓着本傑明

最具殺傷力的武器：捆妖繩、凝固氣流彈

本傑明

身分：魔幻偵探所實習生

年齡：11 歲

就讀學校：牛津大學（捉妖系）

性格：聰明淘氣、遇事毛躁

最厲害的戰術：非常規戰術

派恩

身分：魔幻偵探所實習生

年齡：10歲

就讀學校：倫敦大學魔法學院（反幽靈技術系）

性格：聰明活潑，非常好勝，有時候喜歡誇誇其談

保羅

身分：魔幻偵探所機械狗

年齡：100 歲

工作能力：無所不知的電腦資料庫，善於用百分比分析事物

性格：異想天開、調皮、懶惰

最喜歡的食物：潤滑油

最具殺傷力的武器：追妖導彈

特級裝備

捆妖繩

能夠對準魔怪迅速旋轉收縮，將它捆緊綁實，繩子一旦落到魔怪身上，就像嵌入肉裏，魔怪越掙脫綁得越緊，當然放繩子時可要放得準才行。

無影鋼鐵牆

這堵牆其實就是氣流，它把氣流變成了無影無形的鋼鐵牆壁，能將敵人困在其中，衝不出去。

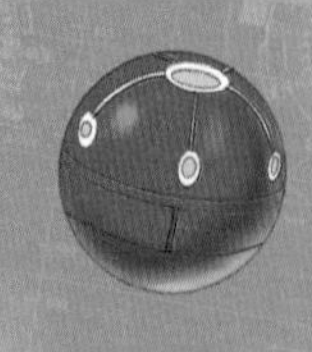

顯形粉

這是一種非常神奇的粉末，即使魔怪偽裝、隱形了也完全能顯現出它的原形。對了，「顯形」就是「現出原形」的意思！

裝魔瓶

能把魔怪收進裏面，使其在三天內化成清水的神奇瓶子。即使魔怪身形再龐大，也能收進瓶內。

幽靈雷達

能夠準確測定氣流存在的方位，並及時發出警報的裝置。它能跟蹤、測定魔怪在哪裏。不過，如果魔怪的魔力非常強，幽靈雷達有時候也可能測不到，它的更強大的功能還有待你去改進！

追妖導彈

能夠自動尋找魔怪，進行智能追蹤的導彈，這種導彈威力比較大，一般魔怪根本抵抗不了。

魔幻偵探開始行動！

目錄

第一章　青藤莊園

傍晚，夕陽射向倫敦，其中一束，斜射進了魔幻偵探所客廳。街上的行人匆匆走過，一個平靜的倫敦傍晚，這樣的場景每天都在重複。

客廳的實驗室裏，南森正在做實驗，裏面偶爾發出那些器皿碰撞的聲音。

「……我從小就是有理想的。」客廳的沙發上，本傑明揮着手説，「未來如果不當魔法師，我想我會去當一個發明家，發明各種科技產品，造福我們人類。」

「我就想當魔法師，不過業餘時間我想當個廚師，做出各種美食。」海倫很是認真地説，「我還要發明出全新的、更可口的美食，提供給人類。」

「在談論你們的理想嗎？」保羅説着話從實驗室裏走了出來，「我也是有理想的，儘管我是隻機器狗，但我也想擁有更大的能力，我要守護地球，抵禦外星人進攻，保護好人類。」

「派恩，你呢？如果不當魔法師，你的理想是什麼？」海倫看了看懶洋洋的派恩。

「聽了你們的話，我現在就想當個人類了。」派恩眨着眼說。

派恩的話逗笑了大家，正在這時，南森從實驗室裏走了出來，他一副放鬆的樣子，但是似乎有些疲憊。

「終於完成了。」南森說着坐到了沙發上，「變身魔藥，服下後三秒鐘變身，想變什麼就變什麼，十二小時內有效……就是這個配置過程，費時費力呀。」

「我們自己也可以變身呀。」派恩説，「利用魔法口訣。」

「可是很耗費魔力，服用變身魔藥就不用耗費半點魔力。」南森回答，「好了，現在就是等了，一大罐魔藥配方，最終形成後，只有一粒……噢，你們在談論什麼呢？」

「關於未來我們的工作，如果不當魔法師，我們會做什麼。」海倫給南森倒了一杯水，遞了過來，「本傑明很想當個發明家呢……」

「嗯，發明家很不錯。」南森點了點頭，「最近我的這個身體呀，站久了就很累，一百二十多歲了，體力和精力都跟不上了。未來這個偵探所，要看你們的了。」

「啊，博士，你要去哪裏？大家需要這個偵探所呀，魔怪時不時就冒出來呀。」派恩很是緊張，又有些焦急地説。

「當然需要，我也不會去哪裏，我就在倫敦。我是説我退休後，由你們來管理這個偵探所。」南森笑着看着派恩。

「你再抓幾十年魔怪，也沒問題的。」派恩立即説，「我們今後還要擴大規模……」

「擴大規模？」本傑明搖着頭説，「派恩，你以為我們是開麪包店的嗎？擴大了規模，哪裏有那麼多魔怪讓我們抓呀？倫敦這裏的魔怪，我看是絕跡了。」

「那是因為我們魔幻偵探所的威名，魔怪們都嚇得不出來了。」派恩說着比畫了幾下拳頭。

「我覺得也是。」保羅跟着說，「噢，我們可真是威名遠揚呀。」

「聽上去有些廣告味道。」海倫笑了起來，「不過是基於事實的商業廣告。」

忽然，門鈴響了起來。本傑明立即跑去開門，保羅緊緊地跟着他。

門打開後，只見倫敦警察廳的麥克警長站在門口，雖然大家相互間都已經很熟悉了，但是麥克似乎還是有些局促，他對本傑明點了點頭。

「我想這個時候你們應該都在家，沒打電話，我直接來了。」

「快請進。」本傑明連忙說道，「沒想到是你。」

麥克走進客廳，南森迎上來，兩人握了握手。麥克和大家都打了招呼，隨後坐在沙發上。

「噢，我感覺不好，有什麼不妙的事發生了。」保羅一直跟在麥克身邊，說道。

「這是明擺着的，我也能感覺到。」派恩說。

「是……」麥克看看大家，點了點頭，「海斯鎮的裘蒂街，那裏有一個青藤莊園，上周六，出了一宗殺人案，莊園主人舉辦親朋聚會，有幾個遠道而來的朋友留宿在莊園裏，其中一間客房的住客，被殺死在房間裏，身上沒有任何明顯傷口，僅僅在後脖頸有一處出血點，法醫檢驗，死者體內的血連正常人血量的一半都不到。更為關鍵的是，死者房間走廊有攝影機監控，莊園外牆也有監控，死者死亡時間前後，根本就沒有任何人從門或者窗戶進入房間。」

大家都聚精會神地聽着麥克的話，麥克説完這一段話，停了下來，環視着大家。

「這麼説，就是一宗魔怪作案了？」南森平靜地説。

「起初我們也曾考慮過可能是一宗謀殺案，但現在認定這就是魔怪案件，所以我前來求助，這只能由你們魔法偵探來解決了。」麥克有些無可奈何地説。

「本傑明剛才説什麼來着？倫敦的魔怪都絕跡了？」派恩抓住時機説道。

「也許是過路的，你不要這麼早就下定論。」本傑明立即反擊回去。

「你們兩個就不要爭吵了。」海倫連忙制止地説，「準備出差吧，不過海斯鎮離我們這裏也不遠，也就十公里吧。」

「既然警方認定是魔怪作案了，那麼……」南森先是看了看海倫，隨後站了起來，「走吧，我們開車去，先去現場看一看。」

小助手們立即行動，海斯鎮的裘蒂街距離魔幻偵探所所在的貝克街的確不遠，他們倒是不用準備旅行箱。他們僅僅是去拿了幽靈雷達，海倫給保羅裝配好了四枚追妖導彈，大家就出門了。

麥克駕車在前面，南森的老爺車裏坐着幾個小助手，跟在麥克的汽車後面，不到二十分鐘，他們就來到了裘蒂街。這裏地處倫敦的西北郊，曾經是連片的森林，青藤莊園就坐落在森林裏，不過經過連年的開發，這裏也有了一些其他建築，各處也鋪設了公路。青藤莊園的主體就是一座古堡，目前這個莊園的主人是赫斯特，他是一位非常富有的銀行家。

南森他們下了車，青藤莊園就矗立在眼前，傍晚的陽光把莊園城堡的外牆渲染成金黃色，非常奪目。看上去城堡很是寧靜，不過，莊園城堡頂部的垛口上，能看到有兩個警察在走動，似乎在守衛着這座古堡。

「這個古堡建成於十六世紀。」通往前門的走道上，麥克邊走邊説，「我們確定這是魔怪作案後，通知了赫斯

特一家，本來他們就驚慌失措，現在連同那些僕人，全都撤離了莊園。不過請放心，如需要找他們問話，我們警方還是能把主要的人找到的，剛才我也給赫斯特打了電話，叫他回來一下，因為你們一定會有事情詢問他的。」

南森和麥克走到了大門口，一個五十多歲的男子迎面走了出來，他的雙眼放光，有些興奮。

「南森先生，我是赫斯特，你終於來了。」男子伸出了手，「你可要幫幫我……」

「你好，我是南森。」南森也伸出手，和這座莊園的主人赫斯特握了握，「這幾位是我的助手，海倫、本傑明、派恩和保羅。」

「歡迎你們，你們來了，我感覺好多了，我真沒想到，這個莊園居然有魔怪，你們要快點把魔怪找出來呀！」赫斯特焦急地說。

「赫斯特先生，你還是去等候一下，我要帶南森先生去案發房間勘驗現場。」麥克説道。

他們進到莊園裏，這裏的內部設計富麗堂皇，略帶些古典風格。他們從中廳向左轉，又向右轉，進入到一條走廊。

在一間拉着警戒線的門口，麥克停了下來，房門是開着的，麥克示意這裏就是案發房間，他挑起了警戒線，讓南森他們走進了房間。保羅一下車就開始對莊園連連發射魔怪探測信號，進到莊園裏，又是連射幾道信號，不過都沒有探測到什麼。

他們向裏走了兩米，就看到地板上有一個人形的勾線，勾線中，有一個顯示着「1」的號碼牌，這個號碼牌左上角，還有一個顯示着「2」的號碼牌，但是沒有任何勾線。

「死者叫拉米森，是莊園主人的好友，從利物浦來，他是一家保險公司的總經理。」麥克指着地板上的勾線，說道，「這裏就是他倒地的位置，當時他臉朝下，2號號碼牌是一個牙刷，牙刷已經取走，留下一個牌作標識。啊，牙刷上還有一些牙膏。」

「牙刷？」南森看看麥克。

「是的，死者似乎從洗手間裏出來，然後被殺死在這裏，手裏拿着的牙刷飛了出去。」麥克說着打開了手機的相冊，「這裏是現場照片，我會連同其他資料，一起發給你們。」

南森開始看那些照片，第一張照片就是死者被發現的現場照片，他穿着睡衣，趴在地上，他的右手前方，的確有一把牙刷。

死者後脖頸上的一個出血點，南森也看到了，那是死

者身上唯一的傷口，看上去不像是牙印。

海倫和本傑明拿着幽靈雷達，開始對整個房間進行探測，房間裏的布置並不複雜，有一張大牀，還有沙發、茶几和辦公桌，看上去有些像酒店裏的房間。

南森在人體勾線旁走了兩圈，隨後蹲下去，開始仔細觀察，不過他最終沒有發現什麼，起身在房間裏探查起來。

南森在房間裏轉了幾圈，隨後走到門口，門口有一個洗手間，門是打開的。南森走了進去，他看到了正對着洗手間門的一面橢圓形鏡子裏的自己，鏡子很有古典風格，完全是鑲在一個木雕圓框裏的。南森向前走了幾步，站在了鏡子前，鏡子下面是一個洗漱的台盆，台盆上擺着一個空杯子，還有一枝牙膏。

派恩跟了進來，開始用幽靈雷達掃描探測，南森看了一會，走出來，再次來到人體勾線前，認真地看着那個人體勾線，不知道他在想什麼。

現場的勘測完畢，南森他們沒有任何新的發現，一切痕跡，警方都已經探測到了。

「過一會，我們去醫院進行驗屍。」南森對一直在一邊的麥克説，「不過現在，我要去詢問赫斯特先生一些問題。」

「好的。」麥克説着向外走去，南森他們跟上。

他們來到走廊上，麥克忽然指了指這個房間斜對面的一個房間門，那個門是關閉着的。

「南森先生，這裏一共有四個客房，走廊兩側各有兩間，走廊盡頭就是那個攝影鏡頭，走廊這裏的任何情況都一覽無餘。死者隔壁客房住着赫斯特先生的另一個朋友，叫萊曼，當時什麼都沒有察覺。當晚四個客房有三間住了人。」

南森看了看那幾個房間，點點頭。

第二章　家庭宴會

赫斯特早就等在自己的房裏了，他自己在書房裏，還有些緊張，儘管是白天，他也害怕魔怪從哪裏冒出來，總是感覺魔怪就在莊園裏。

南森他們進到客房後，赫斯特很高興，若南森問完了話，他就可以離開這裏了。

南森坐到了沙發上，小助手們或坐或站。赫斯特按照南森的要求，開始回述當時的情況。兩天前，也就是周六的下午，他家就開始一場盛大的宴會，這種家庭宴會，不僅僅是一場親朋聚會，很多生意上的事，也是在聚會上商談的。當天晚上一切正常，參會的拉米森先生是第五次來赫斯特家聚會了，他是赫斯特的朋友，由於家住在利物浦，而且第二天宴會還會繼續舉辦，拉米森先生和另外兩個朋友，就住了在赫斯特家。當晚一切看似安靜，周日上午的時候，拉米森一直到十一點都沒有出房門，電話也不接，大家感覺不妙，用鑰匙打開了房間，看到拉米森爬在地上，身體都涼了，於是連忙報警。

南森邊聽邊記，他記了一些要點，放下了筆。

「赫斯特先生，你現在也知道，這似乎是一宗魔怪案件。」南森說着，看了看書房的布置，「那麼，你們這個莊園，以前有過魔怪的記錄嗎？這種古老的城堡莊園，的確比較容易成為魔怪的安身之所。」

「再早我就不知道了，近幾十年來，一定沒有。」赫斯特搖了搖頭，「這所莊園是我二十年前買下來的，賣家是一個老紳士，叫西瑞爾，他沒有子女，轉手給我後就去了養老院，後來去世了。根據他說，這裏很安靜，他在這裏的幾十年裏，莊園也是風平浪靜的，更早我就不很清楚了。」

「明白了。」南森點點頭，「那麼死者，就是那個拉米森先生，你有沒有聽說他最近沾惹上了什麼魔怪嗎？或者說是很靈異奇特的事。」

「從沒說過，要是有，拉米森一定會跟我們說的，他是一位非常健談的人，什麼都藏不住。」赫斯特連忙說。

「其他賓客呢？還有你的家人，以及管家等傭人。」南森進一步問。

「絕對沒有，我完全沒有聽到過。」赫斯特很堅決地說道。

「好。」南森點點頭，「有一個問題，莊園古堡的外牆上，安裝監控攝影機，這很好理解，用來預防外人侵入；那麼客房走廊盡頭，也安放了監控攝影機，這是為什麼？好像只有酒店才會這樣做，但你這裏是私人住宅。」

「實不相瞞，最裏面那間，不是客房，那是我的一間小書房，裏面有我的保險櫃，都是我家的貴重財物。」

「噢，明白了。」南森連忙説，他忽然站了起來，走到了窗邊，「那麼你舉辦的這種家庭宴會，很頻繁嗎？我想知道，這次宴會，你有沒有邀請什麼從未來過的人，或者極少來的人？」

「每幾個月就舉辦一次，一般都安排在周末，這不僅是娛樂，也有利於我的工作。」赫斯特看了看南森，「來的都是熟人，有親戚，更多的是我們這個圈子裏的人，都是金融界人士。」

「那麼這個人呢？他應該不是警察吧？」南森的眼睛看着外面，只見有個男子戴着草帽，從外面的草坪上走過，走到一處園藝樹前，還駐足看了看，「好像這個莊園裏的人都撤離了。」

「啊，那是園丁喬里，也是莊園的維修工。」赫斯特看着喬里，説道，「他膽子比較大，而且他也不住在城堡裏，這座主城堡西側的那個房子是他的住所，他説他不怕什麼魔怪，那我就留下他了，讓他看家，警方也同意了。警方不建議有人住在主城堡裏，其他地方不管。」

「我們是有這樣的建議。」麥克跟着説，「如果他也必須離開莊園，我們會去通知他。」

「很有膽量的一個人。先讓他留在這裏吧，我們有防範手段的。」南森説道，隨後轉過身，走到沙發那裏，「赫斯特先生，你作為這個莊園的主人，在購買的時候，賣家應該有這個城堡歷史記錄吧？畢竟這麼悠久的一座古堡，歷史感應該也是一個賣點。」

「其實是有的，但是我只記住了西瑞爾賣給我房子的一些情況，他倒給了我一份歷史資料，我當年也看了看，不過具體情況早就忘光了，我可以找出來給你。」赫斯特説。

「很好，那就有勞你了。」南森感謝地説，「如果你再想到什麼，發現什麼，請及時聯繫我。」

赫斯特連忙點頭。南森則看向了麥克。

「接下來，我們要去醫院，對死者進行驗屍，另外，死者隔壁房間的那個萊曼先生，我們也要去詢問一下，他在倫敦嗎？」

「我馬上給醫院打電話。」麥克點點頭，「萊曼先生住在雷丁鎮，也不算太遠。」

南森向赫斯特告辭，赫斯特其實也急着離開這裏，他要和南森他們一起離開。

「海倫，把幽靈雷達放到這個房間。」南森臨出門前，對海倫說，「去醫院後，再去雷丁鎮，我們就不到這裏了，如果有魔怪在莊園裏出沒，保羅能立即收到幽靈雷達的信號。」

海倫把自己的幽靈雷達放到了書櫃的上方，這樣周圍四百米範圍內有魔怪出沒，都會被立即捕捉到魔怪反應。

他們出了城堡門，穿過門前走道，向莊園的大門走去，走道兩側都是草坪，草坪上有一些修剪整齊的園藝樹。園丁喬里正在走道旁邊，修剪一棵樹，看到赫斯特和南森他們走來，連忙向赫斯特打招呼。

「喬里，這位是我們請來的魔法大偵探南森先生，他會把魔怪給抓出來的。」赫斯特介紹說。

「南森先生，我知道，我看過電視節目。」喬里連連向南森微微鞠躬，「你來查案，我就放心了。」

「喬里先生，你膽子真大，敢在莊園裏住着。」南森點點頭，有些誇讚地說，「你不怕魔怪嗎？」

「其實有點怕呢，我可打不過魔怪。」喬里聳聳肩，「不過我奶奶說，弄些大蒜，魔怪就不會靠近了……我帶着呢，房間裏也有。」

說着，喬里從口袋裏掏出一頭大蒜，得意地展示給南森看。

「這個……」南森微微一笑，「嗯……不過還是不要到城堡裏去，尤其是晚上，有什麼情況立即通知我們，我們給你留一個電話號碼。」

喬里連連點頭。這時，赫斯特拍了拍喬里。

「手上的傷好了吧？」

「完全好了。換鏡子不小心劃了一下，貼了止血膠布，很快就好了。」喬里抬了抬手臂，大家看到的他的手，完全是好的，沒有一處疤痕，「沒什麼事，你還總是記掛着。」

「那就好，今後工作要小心。」赫斯特提醒地説。

赫斯特和南森他們隨後徑直向莊園大門走去，出了門，他們上了汽車，汽車向醫院駛去。

南森他們在醫院，對死者拉米森進行了檢查，拉米森的後脖頸有一處傷口，圓點狀，直徑三、四毫米，傷口較深，直達血管。南森判斷這是拉米森全身唯一的出血點。出血點這裏，也許是因為距離案發時間較長，已經搜索不到任何魔怪反應了。

從醫院出來，他們馬不停蹄地又開車前往雷丁鎮，詢問拉米森隔壁的萊曼先生，萊曼是一家金融諮詢公司的副總裁，他休息得早，回憶不出事發當晚拉米森那邊有什麼異常的響動。對於拉米森的死，他至今心有餘悸，總感覺自己要是住在拉米森的房間裏，遇害的就是他本人了。

南森他們和麥克在萊曼先生家門口分手，這一天的巡查，麥克全程陪同，接下來的工作，已經全部移交給了魔法偵探們。

回到偵探所，已經是晚上了。保羅隨時監控着魔怪預警系統，一旦青藤莊園那邊有情況，魔怪預警系統會立即發出警示。

第三章 再臨莊園

回來的路上，海倫下車買了晚餐。吃過晚餐，大家都感覺到有些疲勞，南森告訴小助手們可以去休息，但是自己坐到了電腦前，開始總結歸納這一天的探訪。

小助手們可不想去休息，每個人也都在飛轉着腦子，想從探訪中找出些什麼線索。剛才的探訪，他們沒有獲得任何有價值的現場痕跡，而且從赫斯特等人的口述中，也沒有半點魔怪出沒過的描述，受害人也是一樣，生前沒有任何和魔怪相關的聯繫。這樣看來，這個案件的確可以認定為魔怪所為，但是沒有什麼線索，這不免讓大家有些沮喪。

海倫走到南森身邊，南森還在那裏看着電腦。

「博士，赫斯特先生把莊園城堡的歷史電郵給我了，我已經轉到了你的郵箱裏。」

「很好，我來看看。」南森點了點頭，隨後打開了郵箱，查看起來，「城堡建成於十六世紀的都鐸王朝，建造者是亨廷頓伯爵，然後一直到十七世紀，都是亨廷頓伯爵以及後代居住。由於當時的內戰原因，1648年，亨廷頓伯

爵的孫兒——希爾森子爵一家慌忙出逃，再也沒有回來，隨後查克侯爵佔據了莊園，從此查克侯爵和後代又居住了三百多年，轉售給了西瑞爾先生；西瑞爾就是赫斯特的上家，他年輕的時候買的，住了幾十年，然後轉賣給了赫斯特。」

「這個西瑞爾先生倒是說莊園裏一直風平浪靜的。」海倫說，「可惜他已去世了，否則很多情況也可以問問他。」

「也要我們親自探訪才能問得了細。」南森忽然說，「我看你們都不想去休息，那麼我們來討論一下吧。」

本傑明他們聽到這句話，立即都圍到了南森的身邊，渴望地看着他。

「目前看起來線索不多。」南森首先說。

「是不多，就連受害人後脖頸那個傷口，應該就是魔怪所為，我都沒有檢查出什麼線索，僅僅能判定不是牙齒咬痕。」保羅很不開心地說。

「嗯，的確沒有什麼具體的線索，只知道魔怪作案，當然是沒什麼用的。」南森看看大家，「那麼，我們先整理一下案件的時序……坐落於倫敦西北郊的青藤莊園，是一座歷史悠久的古堡莊園，三天前，莊園主人赫斯特的宴會結束後，三名留住的賓客住進了客房，其中一間客房的客人，叫拉米森，第二天早上被發現死在房間裏，走廊的監控和城堡外牆的監控都證實無人進入拉米森的房間，而拉米森身體裏一半的血都消失了，而且後脖頸還有一個傷口，反應出這是一宗魔怪作案的案件……然後，警方通知我們，我們就到了現場。」

海倫他們聽着南森的話，然後互相看了看。

「我的描述僅僅是還原經過，的確和白開水一樣。」南森極其清淡地一笑，「死者拉米森，是臉朝下倒地的，當時他穿着睡衣，牙刷扔在地上，這一點來看，他極有可能是從洗手間裏逃出來的，我確信這一點，他在洗手間裏一定遇到了什麼異常，當時他應該是準備刷牙，結果拿起牙刷擠好牙膏，就被嚇得跑出來了。」

「洗手間裏看起來很正常呀。」海倫説，「我去裏面檢查過，絕對沒有打鬥痕跡，裏面更看不出有什麼魔怪存在的痕跡。」

「看起來是這樣。」南森説，「我也很仔細地看了裏面的情況。」

「有可能是拉米森的電話突然響起來，他跑出去接電話的時候被魔怪給殺了。」派恩説。

「房間裏沒有固定電話機，拉米森的電話當時已經關機了，警方報告裏提到過。」南森看看派恩。

「哇，看報告不仔細，不認真。」本傑明指着派恩喊道，「海倫已經把警方報告轉到我們郵箱裏了。」

「我……我最近很忙……我認真看了，可能忘了幾點。」派恩生氣地瞪着本傑明。

「哇，開始狡辯了，我猜到你下一步就是狡辯。」本傑明不依不饒地說。

「夠了，夠了。」海倫連忙拉了拉要繼續反擊的派恩，「現在是博士分析案情，不是你們的爭辯時刻。」

派恩瞪了瞪本傑明，本傑明晃晃腦袋，不過兩人總算是不吵了。

「受害者的後脖頸上的傷口，是個單一傷口，這和吸血鬼吸血時咬破受害人皮膚造成多個齒痕傷口還不一樣。」南森繼續分析，「這倒是很奇怪，這個魔怪吸血，應該就是個吸血鬼，或者這個類型的魔怪，可是單一的圓點狀傷口，明顯不是齒痕，難道吸血鬼沒有牙齒了嗎？」

「是針管嗎？很小的針管插進受害人後脖頸？」本傑明問道。

「也有可能，反正比較鋒利。」南森說，「如果不是吸血鬼或者這個類型的魔怪，有可能借助工具。」

「好多疑點呀。」海倫感歎地說，「博士，還有什麼疑點嗎？」

「暫時就這樣了。」南森説，説着，他想站起來，但是有種發不上力的感覺，「啊，本傑明，海倫，扶我一把……」

海倫和本傑明連忙把南森扶着站起來，就連在一邊的保羅也想幫忙。

「確實老了。」南森站起來，笑了笑，他走到洗手間那裏，隨後向海倫他們走來，還比畫着，「來吧，我剛才其實也是在還原現場……一個封閉的房間，受害人去洗手間刷牙，他準備休息了，這時，洗手間裏有了什麼異樣，也許出現了一個魔怪，嚇得他逃出洗手間，這時，那個魔怪追上他，擊倒他，插破了他的後脖頸，然後吸血，受害人就死去了。」

南森邊說邊做出模擬的動作，最後做了一個伏地死去的動作。

「魔怪殺害了死者後呢？不會繼續留在那個房間裏吧？我覺得它早就跑了。」派恩問。

「這個不知道，按理說會跑掉。」南森擺擺手，「關鍵是痕跡，一點魔怪痕跡都找不到，我們無法進一步展開調查呀。」

「你以前說過，痕跡不夠多，或者根本沒有，那是因為我們自己沒努力。」本傑明想了想說道。

「哈哈，我要說的話被你說了。」南森微微一笑，「對呀，什麼線索都沒有找到，很大程度是我們不夠認真，不夠全面，所以……明天我們去青藤莊園，擴大範圍，全面搜索。」

第二天，是個陰天，好像很快就要下雨。南森他們八點多就到了青藤莊園，警方在莊園外面，安排了一輛警車，不讓外人進入莊園。莊園裏面，只有喬里住在莊園裏主城堡旁邊的一間小屋子裏，那裏本來就是他這個維修工兼園丁住的地方。

南森他們和警察打過招呼，再次進入城堡。由於已經在城堡裏安放了幽靈雷達，南森並不擔心主城堡裏出現魔怪會傷害到喬里，他已經和喬里説過了，無論是白天還是夜晚，都不要單獨去主城堡裏。

南森他們剛走進大門，就看見喬里推着一輛車，走在草地上，車裏有很多修剪下來的樹葉，喬里應該是去把樹葉倒掉。

「南森先生，早上好。」喬里轉頭，看到了南森，很是高興，他把車放下。

「噢，你好。」南森説道，「這麼早就忙工作了。」

「是呀。」喬里點點頭，「你們來了正好，我和你們去城堡裏，客廳的窗簾桿固定器壞了，我要修理一下，你們不是不讓我一個人進去嗎？」

「噢，那你就來吧。」南森説，「順便給我們介紹一下房間情況，我們還要在裏面找些線索……看起來你很忙呀。」

「有時候忙，有時候輕鬆。這個也説不定。」喬里連忙跟上南森他們，「反正就我一個人打理這裏，不過也應付得過來。」

他們進到前廳，喬里開始介紹裏面的布局，城堡一共有三層，一樓有前廳、客廳、客人房間，二樓有餐廳，三樓是主人房，莊園主人赫斯特夫婦和他們的一個女兒都住在三樓。

「你們隨便看吧，隨便……找線索，希望你們早點抓住那個魔怪。」喬里説着看看四面的空間，「啊，我先去地庫，這裏還有地庫一層的，主要用做儲物，還有鍋爐房、水泵房和配電室。我的一套維修工具在下面，你們不來我自己也不能進去。」

「好的，有事我們聯繫你。」南森點點頭。

南森他們的目的就是要對主城堡進行一個全面的搜索，南森覺得這樣應該有可能找到線索。他們先上了三樓，要從三樓開始向下搜索，喬里説的地庫一層，他們也準備最後去看一看。

所有的房間都是敞開的，有些個別鎖了門的房間，魔法師們也不需要鑰匙，赫斯特説可以把所有的鑰匙都交給南森他們，不過這沒有必要。

在三樓的搜索足足進行了一個多小時，海倫用幽靈雷達掃描每一個房間，每一個角落。保羅穿行在走廊和各個房間，他的掃描更具有深層性，能找到那種深埋的魔怪痕跡。

大家下到二樓，繼續展開搜索，二樓有一間很大的藏品展示室，裏面懸掛着古代不同時期的油畫，就像一個博物館一樣。

房間南側一排，掛着三幅人像畫，都是古代人的裝束，而且全部衣着華貴。

「這都是赫斯特的祖先吧？三個有爵位的人，真厲害呀！」派恩看着那些人像，人像們似乎也都盯着派恩。

「怎麼會全都是赫斯特的祖先呢？這裏寫着呢，希爾森子爵，就是那個城堡建造者亨廷頓伯爵的孫子。」本傑明指着一張畫下面的銘牌，説道。

「啊，我知道了，他是逃離這裏的那個爵士，難怪呀，把畫像還留下了，因為是出逃嘛，不可能帶着畫像跑。」派恩恍然大悟地説。

「現在也是珍貴文物了。」海倫指着畫像説，「城堡最先的三代主人。」

他們出了這間藏室，在走廊上，他們也發現了攝影機裝備。這間藏室裏的物品也都是價值連城，所以也有攝影機監控，這倒是很好理解。

二樓搜索完畢，他們下到一樓。受害者死亡的房間他

歷代城堡主人之中，哪一位跟
今次的事件有最大關連呢？

們已經搜索過了，決定最後才去看看那個房間。那個不大的房間格局，其實都已經印在大家的腦子裏了，而且經過幽靈雷達和保羅的仔細掃描，應該是找不到什麼魔怪痕跡了。

一樓很大，按照步驟，幾個小助手單獨去了不同的房間，南森帶着保羅依次搜索，搜索到前廳的時候，有個人突然從一個地面出口走出來，南森很警覺地轉身，看到了喬里背着工具袋，拿着一個木片條走了上來。

「嗨，南森先生。」喬里看到南森，連忙打招呼。

「噢，原來是你。」南森放下了心，前廳那裏有個通道直通地下的，「很多工作要幹嗎？」

「一樓上二樓的的護欄有點鬆動了，我去固定一下。」喬里説，「修修補補，都是工作呀。趁你們在，我抓緊時間修一下。」

「地庫一層，我們也要看一下，你一會還在吧？」南森問。

「在，地下的儲物室也有我一個維修房，以前沒出事的時候，我經常在那裏。」喬里點點頭，「歡迎你們來找魔怪。」

南森微微一笑，喬里也笑了笑，忙他的工作去了。

第四章　換鏡子

大家把一樓搜索了一遍，除了昨天搜索過的房間。由於從三樓搜索下來也毫無結果，本傑明和派恩都有些垂頭喪氣的，海倫的情緒也不高，只有保羅，依舊是很興奮的樣子。

喬里修好了護欄，走到前廳，大家趁機跟着他一起去了地庫一層。

地庫一層非常大，水泵房、配電室裏都有設備，海倫和本傑明很快就檢查完畢。儲藏室非常大，有點像個小停車場，儲藏室裏還有幾個房間，其中一個被用作喬里的維修室。儲藏室裏，堆放着很多舊家具，還有一架古老的鋼琴。

「都是幾百年來換下來的，都沒有扔掉，很多都是老古董了。」喬里向南森介紹說，他摸了摸一個櫃子，「這個櫃子好幾百年了，木質完好，刷一遍漆就和新的一樣，好像是城堡建成不久就有了這個櫃子。」

「我看這些舊家具，都可以編到都鐸時代到現在的家具史書裏了。」南森略有感歎地說，「關鍵是保存得這麼

好。」

「當年建造的時候，底層就做了防潮處理，現在依然有效。」喬里介紹說。

南森他們在儲藏室搜索了半天，也是什麼都沒有發現。南森招呼大家一起上樓，喬里也跟着一起走，南森他們離開這個城堡後，他也不能待在裏面了。

「都檢查完了，哎，什麼都沒找到呀。」派恩邊走邊說。

「昨天那個受害者拉米森的房間，我還沒有去，還有旁邊那個客房。」南森忽然說。

「我剛才又去過了，什麼都沒找到。」派恩有點不在乎地說。

「我還是去一下。」南森説着看了看喬里，「喬里先生，你可以離開這裏了，我檢查一下那幾個房間就離開。」

「沒事，我等在這裏，反正今天沒什麼工作了。」喬里說。

南森先走進了拉米森遇害的隔壁房間，當晚這裏住着的是萊曼先生。這個房間的布局和拉米森房間的一模一樣，剛走進去，是一個洗手間，南森走近洗手間，迎面看到的是一面方形的鏡子，保羅站在南森身邊，射出幾道探

測信號。

忽然，南森的眉毛皺了起來，他沒有走進房間，而是轉身出來。對面有兩個房間，也都是客房，南森進去第一間後，待了不到一分鐘，隨後走出來去到第二間，他再次走出來，站到了拉米森房間的門口。南森想了想什麼，隨後走進去，他一進去就先進了洗手間，似乎在裏面看了一眼，隨即就走出來。

南森快步來到前廳，喬里站在那裏和派恩説着話，忽然看到南森走來，愣了一下，他和派恩都感覺到南森有什麼心事。

「喬里先生，為什麼四個客房裏，三個客房洗手間的鏡子都是現代簡潔風格，方形的？拉米森那個房間卻是古典橢圓的，還有厚重的鏡框。古典風格的鏡框和房間布置很不相配。」南森把喬里拉到一個角落裏，小聲地問，「我看到是四個客房裏的布置完全一模一樣，單單是洗手間的鏡子不一樣。」

「拉米森住的那個房間裏的洗手間，原本鏡子和另外三個房間的一樣，但是前些天壞了，有一道裂紋出現，所以説要立即換掉，以免鏡子斷裂掉下來傷人。」喬里説，「可是那種鏡子要去建材商那裏預定，所以我在儲藏室，找了一面以前留下來的鏡子先裝上去用，等到新鏡子到貨後，我再把臨時用的這面鏡子拆下來。我和赫斯特先生説了這事了，他説隨便我，反正這也是臨時的安排。」

「昨天我聽説你在換鏡子的時候被劃傷了，這件事你仔細和我説一下。」南森有些嚴肅地問。

小助手們都看着南森，他們明顯感覺到南森有了重大的發現。他們全都屏住了呼吸，都不知道南森到底發現了什麼。

「我被鏡子劃傷……」喬里皺皺眉，不過看到南森那極其認真的樣子，他連忙開始回想，「就是……鏡子不是有裂縫了嗎？我在地下儲藏室裏看到一面鏡子和壞的鏡子大小差不多……那個鏡子很古老，儲藏室裏留下來的老物件可是很多，大都能用……然後我就拿那面鏡子搬到客房的洗手間裏，現場比畫了一下，掛上去確實正合適。我就把老鏡子放在地上，開始拆那壞鏡子，拆的時候卻不小心被劃傷了，血流了出來。還好傷口不算大，我用止血膠布貼了一下，稍微休憩了一會，把壞的鏡子拆下來，把老鏡子掛上去，就這樣。」

「這件事發生在拉米森遇害前幾天？」南森有些急迫地問。

「一天吧，應該是周五。」喬里説，「着急調換那面鏡子，就是赫斯特先生説周末有客人要入住，是不是所有

客房都要住人還不知道，但是不能有客人住進一間有壞玻璃的房間，那樣很不安全。」

「明白。」南森點點頭，「那麼，很關鍵的一個問題，你手上流出的血，應該是濺到地上放着的那面鏡子上了？因為你要先拆下壞的鏡子，所以那面古老的鏡子會放在地上。」

「是這樣的，我當時就把古老的鏡子放在腳邊不遠的地上，我的血滴在上面了。」喬里點着頭說，「這點我能確認，因為我把滴在上面的血擦了才掛上去的，我不可能新裝上去一面鏡子，上面還有血跡。」

「那面鏡子，你感覺有什麼特殊嗎？」南森又問，「那面鏡子你是從什麼地方找到的？儲藏室裏的某個角落？」

「沒什麼特殊吧，就是一面古老的鏡子，周邊的木框裝飾很複雜，也很漂亮。」喬里說，「至於從哪裏找到的……是在一個角落裏，我是從一個櫃子裏找到的。」

「哪個櫃子？帶我們去。」南森的口氣就像是一種命令，他似乎很緊張，有點像在趕時間。

喬里點了點頭，隨後向地庫一層的進出口走去，南森帶着小助手們連忙跟上。

大家來到地庫一層，喬里帶着大家走到盡頭，那裏有

好幾個分割出來的小房間，每個房間都有門，但都是打開的。

喬里走進一個小房間，裏面有一些家具，角落裏擺着一個櫃子，那櫃子看上去是完好的，並沒有任何損壞。

「大概幾年前我就發現這個櫃子裏放着一面鏡子了，我也不知道是誰把那面鏡子放進這個櫃子的。」喬里指了指那個櫃子。

南森走過去，櫃子的蓋子是上下開合，並且是合起來的。其實南森他們在這裏搜索過，但是並沒有打開蓋子，只是用幽靈雷達掃描過箱子外面，沒有發現任何魔怪痕跡。這是一個很古老的櫃子，櫃子上的雕花等風格，和那面鏡子的年代看上去是一致的。

南森小心翼翼地把蓋子打開，裏面什麼都沒有，完全是空的。

「當時，櫃子裏只有那面鏡子？」南森回頭看看喬里。

「對，只有鏡子。」喬里説。

南森俯下身，仔細檢查着櫃子，喬里走上前一步，他感覺到南森很重視這個櫃子，當然還有那面鏡子。

「櫃子應該有把鎖吧？」南森指着櫃子上的鎖扣，問道。

「有，有一把鎖，可是早就壞了，是一把鐵鎖，生銹了。我沒有開那把鎖，鎖壞了，自己彈開了，我把它摘下來給扔了。」喬里説。

「扔了？」南森一愣。

「啊，沒有用了，完全壞掉，而且只鎖住一面鏡子，也不是什麼貴重物品，我連新的都沒有換上去，沒有必要嘛。」喬里有些不解地看着南森。

「好的。」南森點點頭，「從櫃子和鏡子看，都是很早的時候遺留下來的，喬里先生，這裏很多的物品，並不是赫斯特先生買下莊園的時候自己帶來的吧？」

「赫斯特先生買下莊園的時候，我還沒有來。」喬里説道，「不過他倒是和我説過，歷任的城堡主人，都留下一些東西，因為他搬來的時候這裏就有很多東西了，而且製造風格明顯不是同一個年代的。」

「明白了……這個櫃子，還有那面鏡子，都是十六世紀的產物，都鐸時代裝飾風格明顯，應該是第一個主人留下來的……」南森説着俯下身，看着櫃子的四周，還把櫃子抬起來看底部，海倫和本傑明連忙上來幫忙。

「博士，你找什麼？」海倫問道。

「我看看有沒有銘牌或者文字，也許能更準確地確定年代。」南森邊看邊説。

「啊，櫃子應該沒有什麼銘牌或文字，但是鏡子有，鏡子的背面有文字，好幾行呢。」喬里忽然有些漫不經心地說。

「什麼字？」南森立即站起來，緊盯着喬里，這嚇了喬里一跳。

「我一個也不認識，像是法語，我不認識法語。」喬里有些緊張地說，「就寫在鏡子背面，我一點也讀不懂。」

南森低下頭，沉思了一下。

「大家注意，我雖然沒有讀到鏡子後面的文字，但是這個案件，我已經有了一個推斷，一切問題，都和那面鏡子有關。」

南森的話震驚了大家，誰也沒想到南森這麼快就有了判斷，這當然令人興奮，但也充滿疑惑。

「那面鏡子，是被喬里先生在上周五換上去的，因為它明顯和另外三個房間的不一樣，這引起我的注意。」南森開始解釋，「關鍵是我們已經知道，喬里先生手上的血滴了在上面，這就涉及到一種古老的封印術。古代的魔法師，可以把被抓住的吸血鬼或這個類型的魔怪封鎖在鏡子裏，這樣那個魔怪會永遠封鎖在裏面，如果鏡子完全被打碎，那麼魔怪同時也會碎裂，等於它死亡了……」

「這個封印術我知道，教授教過。」海倫有些緊張地說，「被封印在鏡子裏的魔怪，任何魔法探測手段都是無法探測到魔怪反應的，所以幽靈雷達沒有探測出來鏡子裏有魔怪。」

「如果人類的鮮血滴在鏡子上，那麼，封印會被解封。」南森繼續說，「魔怪會釋放出來，它會離開鏡子，也可能繼續藏身在鏡子裏，但是被滴了鮮血的鏡子，就沒有任何的封印禁錮作用了。」

「博士，你是說新換上去的鏡子裏，有個魔怪。」本傑明的手都開始微微顫抖了，「那魔怪現在就在一樓？」

「如果鏡子裏真的封印着一個魔怪，而且是上周五才被解封的，那麼很可能還會藏身在鏡子裏，因為這麼短的時間，世間變化這麼大，魔怪極難短時間內適應新環境或者找到新住處，所以回到熟悉的地方是唯一選擇，反正沒有人知道它在鏡子裏。」

「一定在！就是它殺害了拉米森。」派恩激動地說，「它先是聞到了血腥味，同時封印被打開，它能出來作案吸血了。它當年一定是被城堡裏的主人封印在鏡子中，還放到箱子裏，再被鎖上。我覺得是亨廷頓伯爵的那個孫兒希爾森子爵，他後來突然逃走，也帶走了這個秘密，魔怪就一直在鏡子裏封印了幾百年。」

「是這個道理。」南森說，「我感覺魔怪還在鏡子裏……」

「等一下，等一下。」喬里用力擺着手，「我聽不太懂你們說的話，但是我知道你們說魔怪躲在鏡子裏，請問怎麼躲在裏面？鏡子是偏平的，只有不到一厘米厚……」

「氣化狀態，像是霧一樣存在於鏡片中，這是魔法術。」海倫認真地看着喬里，「魔怪還能看見外面的情況，但沒人能察覺裏面有魔怪。」

「我明白了，雖然我還是不完全明白，隨你們吧……」喬里聳了聳肩。

「下面一步，要去看看鏡子背面那段文字，我覺得和封印有關，如果能知道相關資訊，我們就能展開下一步行動了。」南森看了看大家。

「要我去嗎？」喬里幾乎叫了出來，海倫立即示意他小點聲，「我、我不敢去呀！你們說那裏面有個魔怪，萬一它衝出來，雖然我有大蒜，但是……」

「不會讓你去的。」南森寬心地說，「你也看不懂鏡子背面的文字，不過要借用一下你的工具包。」

南森說完，細細看了看喬里，他默唸一句魔法口訣，身體一下就變成了喬里的模樣。

喬里看到南森變化的自己，當場就呆住了。他想說什麼但又說不出來。

「海倫，你們躲到隔壁的房間裏去，如果魔怪沒有察覺，我會從房間裏出來，再找個地方研究下一步方案。如果魔怪發覺是魔法師在偵察，發生打鬥，你們進來幫我；派恩去窗外，堵住它向外出逃的路徑，今天是個陰天，沒有太陽，魔怪情急之下可能向外面跑。」南森布置道，「保羅也去窗外，到草地上，如果魔怪突破包圍飛出去，就用導彈轟擊。」

「是。」小助手們都信心滿滿地說。

第五章　封印之謎

「喬里先生，我們上樓後，你回到你的屋子裏去，千萬不要出來。」南森説着看看喬里。

「我、我一個人待在屋子裏嗎？」喬里很緊張地說，「我還是和你們靠近些好，我躲在前廳大門旁邊的房間裏吧，那是司機休息室，我就藏在裏面。」

「嗯……可以。」南森點點頭，「不要出來，就躲在裏面，有什麼事我們會通知你。」

「好的，好的。」喬里連連點頭，「不過南森先生，魔怪都長什麼樣子呀……」

「走啦，走啦。」海倫催促地說，「等我們活捉一個，讓你看看長什麼樣子。」

「那太好了……」喬里頓時興奮起來。

大家上到了一樓，變化成喬里的南森已經背上了喬里的工作背包。到一樓後，大家看着喬里躲進了司機休息室，隨後，南森走在前面，小助手跟着他，他們來到客房那裏的走廊上，海倫他們進到隔壁房間，南森站在門口，看了看他們，隨後向前走去，前面就是拉米森遇害的客

鏡子中真的有魔怪？南森不露
聲色的行動，能瞞過它嗎？

房。

南森走到客房門口，若無其事地走了進去，他轉身就進了洗手間，迎面就是那面可能有魔怪藏身的鏡子。南森看都沒看那面鏡子，先把背包放下來，隨後站起身，面對着鏡子看了看，雙手抓住鏡子的外框，向上一抬，把鏡子摘了下來。南森聽喬里説，鏡子是他先在牆上釘入長釘後，把鏡子掛上去的，鏡子背面有一根固定好的繩子，當然早年的繩子已經壞了，喬里新換了一根繩子。

南森把鏡子拿下來，鏡面對着地面放下，南森看到了鏡子背面的那幾行字，不過他不露聲色，從背包裏拿出錘子來，敲了敲牆壁，然後又敲了敲釘子。

南森把錘子放進背包，然後俯身拿起鏡子，重新掛了回去。

一切都像是喬里正在進行維修，什麼都沒發生，鏡子裏的魔怪並沒有衝出來，也許裏面沒有魔怪。

南森背起背包，走出了房間，他經過隔壁房門的時候，對站在門口的海倫他們招招手，示意他們出來跟上自己。很是緊張的海倫他們立即跟了出來。

南森走過前廳，隨後走進了司機休息室，喬里也很是緊張地待在裏面，看見南森進來，長出了一口氣。

小助手們跟了進來，南森把背包放下，看看大家。

「鏡子背面的文字是古典拉丁文，內容很簡單，説有個叫奥奇的吸血魔怪被封印在鏡子裏，封印人是魔法師迪阿多利，封印時間是1647年3月。」南森説，「我現在明白了，這是希爾森子爵作為城堡主人期間封印的，希爾森子爵應該知道這件事，但是第二年他倉皇出逃了，這件事根本就沒有和後來的查克侯爵説，所以再後來的西瑞爾和赫斯特都不知道有這件事。」

「真是魔法師封印的魔怪呀！」本傑明興奮地差點跳起來，不過隨即有些不高興地説，「既然是魔怪，就該毀滅掉呀，怎麼還封印起來呢？」

「可能有什麼原因吧？」海倫先是看看本傑明，隨後看着南森，「博士，鏡子裏現在還有魔怪嗎？」

「這個看不出來，但是我感覺有。」南森平靜地説，「如果魔怪在裏面，我們現在就要把它摧毀，封印控制已經被鮮血解封了，它躲在裏面，隨時能出來害人。」

「好像只要把鏡子砸碎，魔怪就會跟着被毀滅。」海倫説，「博士，我們現在就把鏡子砸碎。」

「剛才我變化成喬里的樣子，魔怪看到我，不會懷疑是魔法師前來，所以剛才我就能用錘子砸碎鏡子，但是……」南森此時還是喬里的模樣，並未恢復真身，他緩了緩，心事很重的樣子，「事情可能沒那麼簡單，畢竟

魔怪已經在上周五被解除封印了，所以我出來，安排一下應對的步驟。一會我去砸鏡子，如果沒那麼順利，魔怪察覺我們的目的，會逃出鏡子，並激烈抵抗，它周六吸了人血，現在的魔力大得很呢。」

「我守在窗外，保羅去草地上，本傑明和海倫隨時準備衝進去增援你。」派恩說道，「這樣我們就把魔怪包圍了，它就算是跑出來，也打不過我們。」

「可以。」南森點點頭，「如果順利，鏡子一旦碎裂，會有鮮血從裏面滲出來，那是拉米森的血，魔怪這幾天根本就消化不完。如果發生打鬥，海倫，本傑明，你們立即進來增援，本傑明把房門方向堵死。」

「是。」幾個小助手一起說。

「派恩，保羅，你們現在就出去，注意要隱蔽。」南森叮囑道，「我馬上過去，海倫和本傑明去隔壁房間。」

「我、我去哪裏，我還在這裏？」喬里激動而焦急地問。

「你在這裏，不要出來。」南森指了指房間，說道。

派恩和保羅先出了房間，隨後從大門走出了城堡，派恩出門後沿着城堡外牆行進，來到拉米森房間窗戶前不到三米的地方，停了下來。保羅穿過花叢來到草地上，隨即鑽到一棵裝飾樹下，隱蔽起來。

南森他們略微在房間裏等了一下，他提起喬里的工具包，向外走去。海倫和本傑明連忙跟上，很快，海倫和本傑明就走進拉米森隔壁房間，南森徑直向前走了幾米，然後轉進了房門。

南森嘴裏哼着歌曲，還是沒有看那面鏡子，他把工具包先放在地上，然後從裏面拿出一枚釘子，在鏡子左面的牆壁上比畫了一下。隨後，南森從裏面拿出了一把錘子，他左手捏着釘子，靠在牆壁上，隨後掄起鐵錘，他猛地砸下去。但是錘頭根本沒有對着釘子，而是砸向旁邊的鏡子，南森準備第一下落錘後，緊跟着再砸兩下，這樣那面鏡子基本上就會全碎。

「噹——」的一聲，鐵錘落了在鏡子上，鏡子根本就沒有碎，南森的錘子則被彈開，錘子砸下去就像是砸在鋼板上一樣。南森下意識地掄起錘子再次砸下去，這次南森使用了魔力，不過錘子再次被彈開，鏡子僅僅被砸開一個極小的裂口，依舊沒有碎裂。

南森再次掄起錘子砸下去，突然，從鏡子裏伸出一隻手，一下就抓住了南森的手腕，那隻手形狀枯槁，手指又細又長，指尖更長，像是尖刃一般。

南森的手用力往回一拉，掙脫了那隻手，不過一個人形的魔怪隨即從鏡子裏鑽了出來，它落在地面上。它的頭

顱不大，眼睛向外凸，有兩枝尖耳，身體發散着慘淡的白色，穿着一身黑袍，黑袍上有個連衫的帽子。

落地後的魔怪一拳就打向南森，南森連忙一閃身，躲過了攻擊。

南森打出一拳，同時開始呼叫海倫和本傑明，兩個小助手已經站到了另外一個客房的門口，聽到南森的呼喊，立即衝了進來。海倫衝進去，堵在洗手間門口，本傑明則牢牢地守在了房間門口。

魔怪擋開了南森的出拳，它看到了增援來的海倫，心裏一驚。海倫衝進來後縱身一躍，一掌就劈了下去。魔怪連忙躲閃，但是遲了半拍，海倫一掌就打在它的脖頸上，魔怪當即被打翻在地。

魔怪倒地後站起，怒視着南森和海倫，洗手間裏相對狹小，雙方的攻擊動作都施展不開。魔怪沒有一點退讓的意思。

「奧奇，你是叫奧奇吧？你最好放棄抵抗……」南森抓住短暫的空檔進行勸告，此時他也恢復了自己的原貌。

「魔法師！把我封在鏡子裏，現在我出來了，你們再也不能把我怎麼樣了——」魔怪大喊着，它的聲音沉悶，而且很是歇斯底里。

第六章　陌生電話

海倫看到魔怪毫無放棄抵抗的樣子，一腳踢了上去，這次魔怪閃身躲開，它掄起長臂，打向海倫，海倫用手一擋，魔怪的力氣很大，海倫的手臂生痛。

南森一拳打向魔怪的側面，魔怪被打中，它靠在了牆壁上，忽然，它用力一蹬牆壁，身體橫着懸浮起來，隨後像是一個旋轉的鑽頭一樣，對着南森和海倫就衝了過去。南森和海倫連忙各自一躲，魔怪飛了出去。

魔怪飛出去後，就是大門，它剛剛飛出去，本傑明的雙拳就砸了下來，「噹」的一聲，魔怪旋轉的身體被砸到地上，它沒想到大門這裏還有埋伏。魔怪倒地後，本傑明一腳踢了上來，魔怪慘叫一聲，就地一滾，滾到了房間裏。

南森和海倫衝了出來，魔怪掄起一把椅子砸過來，南森一擋，椅子飛了出去，海倫跳起來一腳踢過去，正好踢中魔怪。

「啊——啊——」魔怪被連續擊打，發怒了，它掄起拳頭，連續向海倫打來。

魔怪出拳的力氣極大，海倫幾乎抵擋不住，此時的魔怪有拚命的意圖，它也不想逃竄了。南森看到海倫難以招架，繞到魔怪身體側面，一拳就打了過去。魔怪沒有防守住，它只顧着攻擊海倫，這拳非常有力，打在魔怪身體側面，它的身體立即凹陷下去。

魔怪慘叫一聲，歪倒着扶住身邊一張桌子。這時，本傑明把那把破椅子又扔了過來，砸在了魔怪的腦袋上，那椅子立即就四分五裂了。

魔怪又是一聲慘叫，它看看環境，明白自己再瘋狂的攻擊也是對付不了三個魔法師的。

南森想使用千噸鐵臂攻擊魔怪，但是環視房間，這種空間他的鐵臂根本就掄不開。正在這時，魔怪搬起一個茶几砸了過來，南森和海倫連忙躲避。

趁着南森他們躲避的時機，魔怪轉身把帽子帶上，完全護住了頭，它對着窗戶縱身一躍，當即就把窗戶撞開，在一陣玻璃破碎聲中，魔怪落在地上。

「嗨——」埋伏已久的派恩大喊一聲，一腳踢了過來。

魔怪沒想到窗外還有人，它當即被派恩踢倒在地，派恩衝上去，一腳踩在魔怪的身上。魔怪雙手抓住派恩的腳踝，猛地一推，派恩被推了出去。

南森和海倫已經飛身出來，本傑明也跟着衝出來。先出來的南森和海倫圍着魔怪連連出拳，本傑明也看準機會，一拳打在魔怪身上。派恩在一邊也想展開攻擊，但一時都沒地方下手。

「打——打——」不遠處，保羅揮着手，大聲地吶喊助威，他也想衝上去參戰，可是南森給他的命令是守在草地這裏，等着攻擊脱逃的魔怪。

魔怪拚死抵抗着，它幾天前才吸食過大量人血，魔力值極盛，不過招架不住南森他們四人的輪番攻擊，漸漸地它失去了主動，連連捱了拳腳，只有招架之功沒有還手之力，這樣下去沒幾分鐘，它連招架之力也沒有了。

這時，不遠處的大門那裏，忽然悄悄地探出個頭來，是喬里來看魔怪的模樣，喬里看到了魔怪，瞪大了眼睛。他還想進一步近前觀看，但是沒有這個膽量。他猶疑着，向前邁了一步，隨後又站住。

南森和本傑明背對着喬里，沒有發現他已經跑出來了，魔怪看到了喬里，它用盡最後的力氣，猛地推開本傑明，隨後縱身一躍，轉眼間就落在了喬里身邊。

「啊——」喬里愣住了，也嚇壞了，他呆呆地站在那裏。

魔怪一把就抓住喬里的肩膀，另一隻手的指尖抵着喬里的脖頸。

「你們不要過來，過來我就殺了他——」魔怪大喊着，他清楚地分別出喬里一定不是魔法師，否則早就上來參加圍攻了。

南森本來向前走了幾步，小助手們跟着他一起過來，但是聽到魔怪的話，南森停下了腳步，同時伸出手，擋着不讓小助手們走過去。

「救命——救命——」喬里顫抖着，他被魔怪牢牢地控制着。

「奧奇——你不要傷害他——」南森指着魔怪，喊道。

這時，喬里忽然想到什麼，他從口袋裏掏出一個大蒜，伸到魔怪的鼻子前。

魔怪奧奇做出了一個非常厭惡的表情，隨後伸手把喬里手上的大蒜打到地上。

「啊，不管用——」喬里驚叫起來。

「看見沒有，現在是他想傷害我——」奧奇對着南森喊道，「你們不要過來——」

「奧奇，是你殺害了拉米森先生，你被封印幾百年，鮮血解除了你的封印，這些我們都知道了——」南森怒視着奧奇，「你如果傷害喬里，那就是罪上加罪……」

「不要廢話了——我是不會被你們抓住的——」奧奇打斷了南森的話，「你們要是敢過來，我立即殺了他——你們現在退後——」

南森聽到這話，無奈地後退了兩步，小助手們很着急，但是沒有辦法。保羅此時也跑了過來，他也不能發射追妖導彈，只能瞪着那個奧奇。

「再退後——快——」奧奇的手指尖指着喬里，故意一劃，喬里的脖頸被劃破，血滴了下來。

「啊——」喬里大叫起來，「救命——」

「你不要亂來——」南森連忙大喊。

「再後退——」奧奇狂喊道，它的臉埋在帽子裏，但是大家還是能感覺到它五官的扭曲。

南森他們無奈地又繼續後退。

「你們敢追過來，我立即殺了他——」奧奇說着抓住喬里的肩膀，轉身向莊園另一面的圍牆跑去。

南森他們站住，這時奧奇已經挾持着喬里跑了十幾米，奧奇還回頭看南森他們是否追趕。看到喬里變成人質，南森他們不敢追趕，只能在原地着急。

奧奇帶着喬里跑到圍牆邊，奧奇縱身一躍，夾着喬里跳過了圍牆。

「怎麼辦——怎麼辦——」保羅跳躍着，急着喊道。

奧奇和喬里已經看不見了，南森和小助手們衝到了圍牆邊，圍牆外是一條小路，路上一個人都沒有，一切看起來是那麼的安靜，就像是什麼都沒發生過一樣。

「這個喬里！不讓他出來，偏要出來！」派恩懊惱地大喊，「這下完了，博士，魔怪奧奇會把他的血喝光吧？」

「短時間內不會，奧奇上周五喝了大量人血，受害者的血都沒有被全部喝完，因為它喝飽了，剛才它劃破喬里的脖子，看到血也沒有表現出那樣的貪婪嗜血。」南森說，「但是不能過太多時間，必須快點找到他們，否則喬里一定遇害。現在他是奧奇的人質，還不會被害的。」

「去哪裏找呀？」海倫緊緊地握着拳頭，「不知道跑到哪裏去了。」

「一直向西，奔跑速度極快。」保羅說，「我的魔怪預警系統跟蹤了八百米，然後他們就出了我的搜索範圍了，我也不知道他們去了哪裏。」

南森站在圍牆前，沒有再説話。大家其實也都知道，此時他一定也非常焦急。喬里的突然出現是誰都沒有想到的，現在他被劫持走了，不僅是案件偵辦陷入中斷，魔怪手上還多了一個極可能被殺害的人質。

「保羅，帶我們沿着他們的路徑跟蹤，也許能發現些什麼。」南森忽然説，「絕對不能放棄救援喬里。」

保羅後退幾步，隨後縱身一躍，跳上了圍牆，大家也都跳上圍牆，隨後跳了下去。保羅穿過前面的馬路，大家都跟在他身後，一路向西邊跑去。

大家一起追出去八百米，他們在一個小池塘前停下，保羅説他的系統最終捕捉的魔怪信號就在這裏。

「向這邊跑了。」派恩指着不遠處一個樹林説道，他們所處的區域，已經是倫敦的西北郊外，人煙稀少，只有道路和樹林，「我感覺就是這裏。」

「不對，我感覺向這邊跑了。」本傑明指着遠處的高壓電線塔，「絕對是這邊！」

「憑什麼會是那邊？」派恩質問地説。

「憑什麼是你那邊？」本傑明毫不相讓。

「好啦，不要吵了。」保羅比較少見地勸阻道，他着急地先是向派恩指的方向跑了兩步，然後又向本傑明指的方向跑了兩步，「這邊……還是這邊……」

南森向前走了幾米，看着地面，他的步伐明顯也猶疑起來，喬里意外被劫持打亂了他全部的計劃。前面的地面根本找不到任何痕跡，奧奇失去了蹤影。

海倫向着本傑明指的方向走了十幾米，她也是低着頭，看着地面，同樣沒什麼痕跡，她無奈地轉身走了回來。

「我想，要去找魔法師聯合會了，讓他們多派魔法師，向可能的方向追蹤下去，我們這幾個人控制不了這麼大的範圍。」南森望着遠處，有些無奈地說。

「也只能這樣了。」海倫跟着說，「誰知道他們向哪個方向跑呀？」

海倫說着拿出了手機，忽然，她的手機響了起來。

「魔法師聯合會打來的？」派恩驚叫起來，「他們怎麼知道我們跟丟了目標？」

「一個陌生號碼。」海倫說着接通了電話，「你好……啊……你是喬里？」

南森等人聽到海倫的話，全都驚呆了，他們立即都圍到了海倫身邊。電話那一邊，真的傳來了喬里的聲音。

「……啊，我叫喬里，多好聽的名字，聽說你叫奧奇……啊，更加美妙的名字……你看那邊，那就是科恩河，我們這個布特路和老米利路交叉口南側的樹林，風景是這樣的美麗，真想一直在這裏生活下去……」

　　喬里的話聽起來沒頭沒腦，他似乎沒有和海倫説話，而是和奧奇説話。

第七章　分身術

「你真囉嗦，對着個方盒子說什麼呢？你閉嘴，我要靜一靜。」奧奇的聲音突然傳來。

「好的，奧奇先生，感謝你沒有殺害我，還帶着我在這布特路和老米利路交叉口南側的樹林裏休息……」

「快閉嘴！再不閉嘴就現在殺了你……」

「啊，馬上閉嘴，布特路和老迷利路交叉口南側的樹林，真美麗。」

電話隨即被掛斷，大家聽了以後，互相看着。

「不用多想了，這是喬里在向我們通報位置。」海倫說道，「那個奧奇一直被封印在鏡子裏，根本就不了解現代社會，不可能知道手機這種通訊工具。喬里發現了這個情況，撥了我的手機通報位置，手機號碼是我昨天告訴喬里的。」

「走吧，是這樣的。」南森揮揮手，「保羅帶路，這個喬里還有點小聰明。」

保羅迅速定好了位，隨後向前跑去，還告訴大家跟上他，大家立即跟緊保羅。

「哇，本傑明，就是剛才我猜……我指的方向，我天下第一超級無敵魔幻小神探什麼時候錯過？」派恩興奮地邊跑邊説。

「天下第一厚臉皮瞎猜大話王。」本傑明沒好氣地説。

前面是一條車道，不過沒什麼車行駛，保羅迅速越過車道後奔跑起來，大家也跟着他跑。保羅測定奧利和喬里就在五公里外的地方。

沒一會，他們就來到了布特路，道路邊上豎立着路標，喬里應該也是看到路標才確定自己的位置的。保羅説向前五百米就是老米利路了，同時，他已經鎖定了樹林裏發散出來的魔怪反應，奧奇就在那裏。又向前跑了一百多米，本傑明和派恩的幽靈雷達也鎖定了奧奇。

距離老米利路不到一百米，他們降低了速度，前面的樹林已經清晰可見了，奧奇和喬里就在裏面，看起來奧奇也累了，似乎是想在樹林裏躲藏起來，夜晚再行動。

距離老米利路五十米，南森一揮手，大家全都躲進了樹林裏，他們的正前方，就是奧奇藏身的地方。

「我們包抄過去。」南森先是拉住幾個小助手，低聲叮囑道，「記住，這次我們的行動，先以解救喬里為主，千萬不能再讓喬里落在奧奇手裏了。」

海倫他們連連點頭。

「本傑明，你從左邊包抄，派恩，你從右面包抄。海倫跟着我，我會用電光照射奧奇的眼睛，你去把喬里拖到一邊。一旦奧奇脱逃，保羅用導彈攻擊。」

大家立即按照南森的吩咐開始行動，他們先是一起向前小心地行走了十幾米，南森停下，本傑明和派恩開始一左一右地包抄過去，隨後，南森帶着海倫和保羅俯着身向前，此時的魔怪就在原地一動不動的。

南森向前走了十幾米，透過樹木的間隙，他看到了坐在一棵樹下的魔怪奧奇，還有一起坐着的喬里，那個喬里好像在擺弄自己的手機。

南森他們距離魔怪也就是十幾米的距離，突然，南森意識到什麼，他拉了一把海倫。

「手機立即靜音。」南森小聲地説。

海倫也看到喬里拿着一部手機，她意識到喬里等不及了，又開始給自己打電話。海倫拿出手機迅速把聲音調到零，這時她的手機開始震動起來，果然是喬里打來的。

「噢，海倫、海倫，你在哪裏？你為什麼不能去那美麗的樹林，美麗的布特路和老米利路南側的樹林旅行呢……」喬里焦急的聲音直接傳了過來。

「你總是弄那個盒子幹什麼？什麼海倫去旅行？你是

果然是喬里用手機來求救，但魔怪奧奇會
洞識他在通風報訊嗎？

不是發瘋了，你說什麼呢……」奧奇很是不滿地說，他說着伸手去搶手機，「給我，我扔了你這個盒子——」

「哦，不要，為什麼不接電話呢……」喬里閃身躲着，不肯把手機給奧奇。

「你不想活了嗎？」奧奇生氣了，手爪一下就伸向喬里。

「嗖——嗖——」，兩道強光飛出，射向魔怪的眼睛，南森開始實施救援！奧奇的手爪還沒有抓到喬里，雙眼就被射中，它的眼前一片白光，眼睛刺痛，它倒地後捂着眼，大叫起來。

海倫一個箭步飛出去，隨即一躍，把喬里推倒在地上，然後拖着喬里往樹林深處跑。

本傑明和派恩早就躲在奧奇和喬里的身後，等候着南森的攻擊，南森出手後，本傑明和派恩就立即殺出。派恩幫忙海倫拖着喬里跑了十幾米，本傑明則一腳狠狠踢在奧奇後背上，奧奇又是一聲慘叫。

南森也已經衝殺過來，保羅緊緊跟着他。被連續攻擊的奧奇抵抗力很強，它掙扎了兩下後站了起來。

「一級魔力——」奧奇大喊了一聲魔法口訣。

一圈白光從奧奇的雙腿開始環繞着它快速升起，隨後消失在它的頭頂上，這時，奧奇像是充滿了強大魔力，眼

睛也好了，身體也恢復了，看到衝上來的南森，它居然迎了上去。

南森和奧奇同時出拳，兩拳在半空中撞擊，發出「哢」的一聲，他倆全部後退了兩步。

本傑明飛起一腳，踢中了奧奇，奧奇沒有倒，轉過身子，對着本傑明就是一拳，本傑明感受到了那股力量，他連忙一躲，躲開了正面的直擊，但是奧奇的手沒有收回來，而是橫着一畫，一下就打在本傑明身上。本傑明大叫一聲，被打出去幾米，正好派恩衝過來，連忙扶住了本傑明。

保羅從南森身邊衝過去，對着奧奇就一口咬下，正好咬在奧奇的腳踝，奧奇大叫一聲，一抬腿，保羅被甩得飛出去十幾米，他掉在地上，掙扎着站起來，但第一下沒站好，第二下才勉強站起來。

「千噸鐵臂——」南森唸了一句魔法口訣，他的雙臂立即變長，變粗。

南森掄起雙臂，對着奧奇就打下去，奧奇伸手就擋，「哢」的一聲，奧奇像是打在鋼鐵上一樣，它連忙後退幾米，雙手就像是斷了一樣，它痛苦地嚎叫起來。

南森掄起雙臂再次拍打過去，奧奇順勢一滾，千噸鐵臂砸在地面上，地面頓時被砸出兩個坑，泥塊土石四處飛濺，千噸雙臂彈了起來，隨後橫着掃向奧奇。

奧奇看見千噸雙臂掃過來，嚇得連忙趴在地上，千噸雙臂帶着風聲從它的頭頂上掃過去。它橫滾了幾米，躲開了攻擊，奧奇站立起來，還沒有站穩，一顆凝固氣流彈就在它的後背爆炸。氣流彈是本傑明發射的，奧奇被炸中，在一片白霧中趴倒在地面上。

派恩飛出一條捆妖繩，想把趴在地上的奧奇捆住。奧奇感覺到捆妖繩落在自己身上，還沒等繩子捲起，一把抓住捆妖繩，用力一拋，甩了出去。

南森和本傑明一前一後衝向奧奇，奧奇爬起來，看到南森衝過來，也聽到身後本傑明的吶喊聲，它忽然高舉雙手，隨後重重地砸在地上。

一道圓形的衝擊波從奧奇的身體周圍開始擴散，這股衝擊波高度一米，擴展迅速，衝擊波推倒了南森，也推倒了本傑明，遠處站裏的派恩也站立不穩。只有保羅，高高跳起，隨後落地，躲過了衝擊波的衝擊。

奧奇看到大家都倒地，它縱身一躍，身體高高飛起，在半空中轉向西面，空中飛奔，奧奇知道無論怎樣都抵擋不住魔法師們的圍攻，所以借助大家倒地之時開始逃竄。

「老伙計——攻擊——」南森站起來，大喊道。

保羅早有準備，他似乎很明白奧奇的意圖，所以剛才

一落地，身後的追妖導彈發射架就從後背彈射出來，追妖導彈對着空中的奧奇。南森話音剛落地，一枚追妖導彈已經發射出去，直直地奔向了奧奇。

半空中的奧奇看到追妖導彈在地面射出，它一張雙手，轉眼間，從它的雙手之下飛出了五十個左右的奧奇，和它一模一樣，但是身材大小只有它的三分之一大小。這些小奧奇頓時遍布在真奧奇身邊，空中出現了密密麻麻的奧奇。

追妖導彈一下就失去了原定的目標，它似乎猶疑了，彈體在空中開始激烈地搖擺。地面上的保羅也驚呆了，追妖導彈選擇了距離最近的一個小奧奇，追上去炸中了它，空中頓時一片煙霧。南森他們看到的真奧奇和小奧奇，從體型大小是可以分辨出來的，但是追妖導彈分辨不出來，它只能根據魔怪反應攻擊，這種分身術變出來的替身，同樣有魔怪反應。

保羅知道沒有打中，他可不甘心，隨即又射出兩枚追妖導彈，此時的真奧奇已經飛遠，那些小奧奇伴隨在它身後，跟着它一起飛行。

追妖導彈追了上去，第一枚又選擇了最後一個小奧奇，把它炸得粉碎。第二枚穿過爆炸的濃煙追上去，不過它都沒有選擇具體目標，在那羣小奧奇後直接爆炸，兩個小奧奇被炸中，從高空掉了下來。還有一個小奧奇，應該也是被炸中了，但是它向下掉了十幾米後，很頑強地再度飛起來，去追趕真奧奇了。

真奧奇帶着剩下的大批小奧奇，飛遠了，天空中只能見到一片黑點，隨後這些黑點也不見了。

「分身術呀——它會分身術——」保羅懊惱地大叫着，「都是它的替身——」

「這種分身術能防備古代魔法師的集束魔箭攻擊，現在它用來防備你的導彈攻擊，它可真是狡猾呀。」南森遙望着遠處的天空，說道。

「跑了，這下跑遠了，也不會有喬里給我們打電話了。」派恩走過來，也看着遠處的天空說。

本傑明一瘸一拐地走過來，剛才他被衝擊波推倒的時候，腳扭了一下，現在還很痛。

第八章　逃跑路徑

「博士——博士——」海倫的聲音傳來，只見她小心翼翼地走過來，身後還跟着那個喬里。

南森轉頭，看到了海倫，他面色沉重。

「我聽見沒有打鬥聲了，那個奧奇……跑了？」海倫有些緊張地問。

「跑了，它會分身術，變了很多替身出來，躲過了保羅的導彈攻擊，跑遠了。」派恩説道，「向西面跑的。」

「我們……也不是完全挫敗，我們搶回了人質。」南森似乎是在寬慰大家，他指着喬里説。

「還好昨天你們給我留了電話，否則我還要去找警方聯絡你們，也不知道能不能聯絡上。」喬里此時倒是很平靜，「好在那個傢伙對現在的事情全不了解，根本沒見過手機，一路上它看見什麼都新奇，看見汽車也問，看見天上的飛機還想躲起來，害怕那飛機飛下來抓它。」

「海倫，給麥克警長打電話吧，讓他們把喬里接走，送回家去。」南森看看海倫，隨後轉向喬里，「你回家去，先不要去青藤莊園了。」

「請我去我也不去了。」喬里激動地説，「誰知道那裏還有沒有別的魔怪！就算是沒有，我一個人也不敢待在那裏了。」

「博士，剛才我聽到你砸鏡子的聲音了，連續好幾下，好像鏡子根本就沒有破呀，到底怎麼回事？」本傑明着急地問。

「應該鏡子被解除封印後，魔怪為了躲在裏面，用魔法加固了鏡子。它在裏面，要是鏡子破裂，即使沒有封印，它也會跟着破裂。」南森解釋道。

「博士，我們該去哪裏找它？這下要找魔法師聯合會了吧？讓他們派出魔法師配合我們，全面搜索。」派恩指着西面的天空，「我們都看見它向西邊飛走了，就算是再有魔力，也不會飛行很遠，它不是個飛行類的魔怪。」

「是一個吸血魔怪。」保羅説，「這我已經鑒定出來了，魔力值很高，可能是因為剛剛吸過很多血的原因。」

「我們已經完全驚動它了，它一定非常謹慎，即使是我們加派人手大面積搜索，效果也不會好，畢竟它只是一個，隱蔽起來很容易。」南森沉思了一下，説道。

「要是它刻意隱蔽掉魔怪反應，藏身在某個山林河谷，那是真的很難找到。」本傑明有些垂頭喪氣地説。

南森沒有説話，他叫來保羅，他倆向前走去，走了十

幾米，南森在一個林中小湖邊停下，南森指着前面和保羅説着什麼。

這時，一輛警車在不遠處的道路上停下，隨後海倫的電話響了，是警車上的警員打來的。很快，兩個警員走進樹林，接走了喬里。

「海倫——你們快過來——」保羅的聲音傳來。

海倫和本傑明、派恩連忙走了過去，來到那個小湖邊。此時的南森正在打電話。

「博士讓我們去找剛才被炸下來的小奧奇，就是奧奇變出來的替身。」保羅説，「這樣魔怪就能主動出來找我們了……」

「啊？」海倫他們一起叫了起來，「你説什麼？保羅。」

「老伙計，你把過程全給簡化了。」南森已經收起電話，他淡淡地笑着。

「我直接説出了結果呀。」保羅也笑了。

「魔怪用分身術變化出來的替身，就是那些小奧奇，如果不及時被魔怪收回，並且脱離魔怪一公里以上距離，兩天後會自動消失。只要變化出替身，魔怪就會耗費一些魔力值，收回後可以恢復這些魔力值，所以奧奇一定想着全部收回那些替身。」南森説道，「有兩個被炸碎了，完全不能收回了，但還有兩個損壞度不大，只是失去飛行能力掉在地上。所以我們現在去把那兩個找到，看看具體的尺寸大小，檢測一下魔怪反應值，我們變化成這兩個替身，飛去找奧奇，那麼奧奇一旦發現，會以為這兩個替身恢復了飛行能力，在尋找自己，這種情況是可能的。所以它會主動召回替身，到時候它用魔法術召喚，保羅能立即捕捉到因此產生的魔怪反應，幽靈雷達也能。」

「是沿着奧奇可能逃走的路線飛吧？它向西邊飛了。」海倫緊跟着問。

「對，我們只能在一個大範圍內飛行，因為我們不知道奧奇具體的飛行路線，而且要在兩天內完成。兩天後再出現，奧奇也不會相信那就是它自己的替身。」南森點着頭說。

「博士，太好了，我、我以為這下沒辦法了。」本傑明激動地說，「或者只能漫天撒網了，但這樣找到奧奇的機率太小了。讓它主動出來，我們一定能找到它了。」

「博士，你是怎麼想到這個辦法的？」派恩也很是興奮，但他忽然想起什麼，「啊，我們快去找掉下來的小奧奇，不要被人當做玩具給撿走了。」

「誰要那麼醜的玩具。」海倫蔑視地說，「送給我都不要。」

「那個小奧奇不會害人吧？」派恩又想到一個問題，「萬一有人撿了，會不會被傷害？」

「替身沒有那個能力，更沒有那個意識，替身完全不具備思維能力。」南森說，「替身有一個原始本能，就是跟隨着真身，和真身失聯後還會盡量跟上真身，並且有尋找能力，這都是魔怪事先注入的些許魔力造成的，剛才不是有個小奧奇被炸中，先是往下掉，隨後應該是恢復了能力，繼續去追趕奧奇嗎……」

他們説着話，繞過那個小湖，開始向前追尋兩個被炸後掉下來的奧奇替身了。那兩個小奧奇掉落的地方已經超過保羅的搜索距離，但是具體方向大家都看到了，只要沿着方向走，保羅就能搜索到魔怪反應。

繞過那個小湖，沒走多遠，保羅就説發現了兩個魔怪反應信號源，都在前方八百米處，兩個信號源則相距一百多米。

大家立即向前走，他們從樹林走了出來，越過了一個公路，進入到另一片樹林，不過很快就從樹林裏走了出來，前面是一片丘陵草場，丘陵比較矮，草木也很低，很遠的地方似乎有牛羊在走動，這裏好像是一片牧場。

幾十米的草地上，趴着一個人形一樣的東西，黑乎乎的，看起來就是落在地上的一個奧奇替身。保羅飛快地跑過去，他説那是一個魔怪反應信號源。

大家來到了那個奧奇替身前，這個替身只有奧奇身高的三分之一，就像是一個奧奇縮小版的玩偶，它一動不動，臉向下趴着。海倫把替身撿了起來，這個替身的結構組成也很是奇怪，有些像是木頭，替身上半身幾乎被彈片切開，看內部組織好像也是木頭。

「那邊還有一個，在樹林裏。」本傑明拿着幽靈雷達，指着不遠處的樹林説。

海倫和派恩跑過去，他們鑽進樹林，走了不到五十米，就看到一棵樹上，樹枝掛着一個小奧奇，小奧奇連帶着樹枝，被微風吹的一顫一顫的，但是沒有掉下來。

派恩爬到樹上，晃動樹枝，把小奧奇給搖了下來，小奧奇本身看起來很輕，掉在地上似乎還向上彈了一下。

這個小奧奇身子被炸開，海倫把它拿了起來，果然很輕，她和派恩出了樹林，大家把兩個小奧奇放在了樹林邊。

「派恩，現在你和我去把車開過來，還要順路買一些工具，把這兩個小奧奇炸開的地方黏起來，衣服壞的地方也要縫起來。」南森看着兩個小奧奇，説道。

「噢，博士，它們是沒有生命的，是木頭結構的，你這是做手術嗎？」

「想什麼呢你？」本傑明瞪着派恩，「博士這樣做是不想被奧奇看見小奧奇是損壞的，但是還能飛行，怕引起它懷疑。」

「噢——」派恩吐了吐舌頭，「有些時候天下第一超級無敵魔幻小神探也會有一點點失誤。」

「海倫，本傑明，老伙計，你們守在這裏，研究一下奧奇的逃跑路徑。」南森說，「我們動作要快，現在奧奇剛和我們戰鬥，耗費大量魔力，應該還受了傷，所以它會先找個地方藏起來，恢復一下，不會偏離剛才逃走的路徑太遠，時間長了可就難說了。」

南森和派恩向青藤莊園那邊走去，南森的汽車就停在那裏。海倫他們則開始研究魔怪的逃走路徑，保羅後背升起了一塊電腦熒幕，上面顯示出這個區域的地圖。本傑明和海倫不停地放大縮小着地圖，根據地面的地形開始研究。

大概過了半個多小時，南森和派恩提着一個工具箱走來，那是他們在附近商店裏買的修補工具。

南森的老爺車就停在一百多米外的一條小路上，到了以後，南森拿出黏合劑，開始把小奧奇炸裂的地方重新黏合起來，海倫用針線把兩個小奧奇的衣服都修補好了。

此時，已經是下午了。派恩和本傑明都有些着急，如果奧奇調整過來，覺得這裏不能長待下去，一定會遠走高飛的。

兩個小奧奇很快被修補好，遠看根本就看不出來有修補痕跡。

「博士，你看這地圖，我們在向西的方向，找到三條奧奇可能逃走的路徑，以及三條路徑各自對應能藏身的地面，有些住宅區，明顯不能藏身……」海倫指着保羅後背

升起的熒幕，開始分析。

南森在旁邊靜靜地聽着，偶爾會查問幾句，很快，他認同了海倫和本傑明畫出的重點區域。

「……現在看，這裏……」南森指着熒幕上的地圖說，「皮納鎮至黑爾菲爾德鎮方向是重點，這條路徑上有山林，有湖泊，有河流，還有小丘陵，人煙稀少，奧奇會選擇這樣的地貌降落休息……終點應該在這條路徑上的海威科姆鎮，那裏是它短時間逃竄的極限……」

「它絕對飛不到海威科姆就會降落休息，它只想先擺脫我們，所以也不用飛很遠。」本傑明說着把地圖縮小了一些。

「好的。」南森看看大家，「現在，我開車在地面，海倫和本傑明附體到兩個小奧奇裏去，在皮納鎮到黑爾菲爾德鎮一線飛行，距離地面兩百米，飛行速度放到最慢，飛累了隨時降落下來休息。」

「是。」海倫和本傑明立即說。

「派恩可以替換你們，我在地面隨時呼應。若發現被奧奇召喚，隨時通報給我。」南森說着指了指自己的耳機，這是他們的聯絡方式，「記住，如果受到奧奇召喚，千萬不要降落下去抓它，你們兩個對付不了奧奇，它能隨時逃走。你們記下位置後飛遠，然後和我會合，我們一起包抄過去，這次無論如何不能讓它再跑掉。」

海倫和本傑明連忙點頭。南森帶着派恩和保羅向汽車走去，他們上了車，南森發動了汽車，向最近的皮納鎮開去。他的汽車不可能像空中的海倫和本傑明那樣隨意，他要在地面沿着公路前進，有時候會轉彎，有時候還會偏離搜尋路線很遠。

南森上了一條公路，開了一公里多，他摸了摸耳機。

「海倫，本傑明，你們行動吧。」

第九章　空中搜索

海倫和本傑明答應一聲，隨後各自站在一個小奧奇面前，兩人各拿着一個幽靈雷達，各唸一句魔法口訣，立即就嵌進了小奧奇的身體了。兩人用衣服蓋住幽靈雷達，這樣如果奧奇出現在搜索範圍內，不用它召喚，他們也能捕捉到奧奇發出的魔怪反應，不過如果奧奇遮罩掉魔怪反應，那他們就發現不了，只能等着奧奇的召喚了。奧奇如果進行召喚，會射出魔力線，他們在小奧奇身體裏，都能感受得到。

在小奧奇身體裏的海倫和本傑明互相看了看，隨後一起起飛，他們先直升兩百米，隨後向皮納鎮方向飛行。

地面上，南森已經快到了皮納鎮，在被海倫他們追上之前，他的車速不算快。

「博士——博士——」南森的耳機裏忽然傳來海倫的聲音，「我們已經看見你的車了，你們行駛在潘尼爾車道上，前面有一輛白色的車，是不是？」

「海倫，我收到你的通話，我現在就在潘尼爾車道上，前面是一輛白色的車，我們快要到皮納鎮了，確認無誤。」南森看了看前面那輛車，説道。

「好的，收到。」海倫在潘尼爾車道上空飛行着，「博士，我們超過你了。」

「收到，不要飛太快和太低。」南森叮囑道。

天空中，海倫和本傑明並行飛着，他們一起超過了南森，向前飛去，此時地面上是車道，車道兩側都是住宅區，有很多的住房，魔怪明顯不會藏身於這種地方，這裏也不是海倫和本傑明關注的地方。

皮納鎮是一個比較大的鎮子，魔怪當然不會藏身這裏，海倫和本傑明快速地飛躍了皮納鎮，他們也不想被地面上的人發現，引起不必要的誤會。

「博士，博士，我們飛過了皮納鎮，目前一切正常。」汽車中，海倫的聲音從南森的耳機中傳來。

「好的，我正在穿過皮納鎮，你們開始盤旋，等我出鎮後和我保持等速飛行。」南森説道。

「明白。」海倫回到道。

南森很快就開到了鎮子的盡頭，這裏的車輛不多，但是有紅綠燈，所以行進速度要比在外面的車道上慢很多。

「博士，我乾脆變化成小奧奇飛行，雖然耗費魔力，但我真是着急呀！我也想去天上飛，我的視力比海倫和本傑明好，我從空中就能發現真奧奇躲在什麼地方。」派恩

在後排座位上坐臥不寧，他時不時地透過車窗向天空中看，有幾次他看見了海倫和本傑明。

「我說，奧奇丟了兩個替身，現在一下有三個替身在找它，它會怎麼想？買二送一嗎？」保羅抬着頭看着派恩，比畫着說。

「噢，這我可沒想到。」派恩不好意思笑了笑。

「小奧奇身上發散出來的魔怪反應是你無法模仿的，這個奧奇也能識別出來。」南森邊開車邊說。

「噢，這個我也給忘了。」派恩抓抓頭髮，「我就是太着急了，怎麼還找不到奧奇。」

「他們兩個誰飛累了，你就去替換一下。」南森說。

天空中，海倫和本傑明已經開始盤旋飛行，他們在等候南森的車開出來。這種長時間飛行，對於魔法師來說，是要耗費大量魔力的，不過兩人都有過這種飛行訓練，他們會根據空中的氣流等情況，調整自己的飛行姿態，借助外力來節省體力，這個跟空中飛行的那些候鳥一樣。

由於急切地想找到奧奇，海倫和本傑明都忽視了飛行高度，兩人雙雙降低高度。地面上，一個在院子裏玩耍的小女孩看到了半空中的海倫和本傑明，感到非常驚奇，她飛快地跑到院子裏的滑梯上，試圖更接近兩個盤旋飛行物，她伸手和海倫打招呼。

「快走，我們被注意到了——」海倫提醒本傑明。

兩人立即停止盤旋，向前飛了幾百米，並重新飛到兩百米以上高度，避免被地面上的人關注到。這時，南森通報說他們已經出了鎮，海倫和本傑明立即和南森保持同向同速，他們看到了地面上南森的老爺車，南森已經開上了一條高速公路。

海倫和本傑明的飛行方向和南森一致，但並未在道路上空飛行，奧奇是不會躲在高速公路上或路兩側的。在高速公路北面兩千多米處，有一個河谷，深藏在茂密的樹林裏，這種地形是魔怪喜歡藏身的地方。

「快點顯身，快點出來。」本傑明一邊飛行，一邊默默地唸着，這是他焦急心情的體現。

海倫一邊飛行一邊向下張望着，儘管她知道，如果魔怪藏身在茂密的樹叢裏，她從空中也是無法觀察到的，而且奧奇已經遭到過打擊，有可能會隱去魔怪反應，這樣幽靈雷達也就失去作用了，但是她堅決不放過一點點機會和可能。樹林中有狐狸一樣的動物在移動，被她看到過好幾次，她都是滿懷驚喜，但是隨即轉入失望。

汽車裏，保羅站在後排座椅上，雙手扒着車窗，不停地向外面發射着探測信號，他也想儘快找到魔怪。

「如果我是奧奇，我就藏在那裏。」派恩緊挨着保羅，指着幾百米外一棵非常高大的橡樹，「藏在樹下，沒人會發現我。」

「我知道，我向那邊發射探測信號了。」保羅有些不耐煩地説，「派恩，你真該上天去飛，海倫就不會像你這麼煩，本傑明……」

「比我還煩。」派恩立即接過話。

「嗯……不相上下，差不多。」保羅想了想，「你和本傑明去飛，海倫在車裏……」

天空和地面都沒有發現奧奇任何的跡象，他們已經開始接近黑爾菲爾德鎮了。

南森指導海倫和本傑明直接飛過黑爾菲爾德鎮後繼續向前飛，自己開車從鎮子右邊繞過去。很快，南森他們就繞過這個鎮子，開上一條高速公路。天空中的海倫和本傑明這次並未在空中盤旋很久，南森很快就趕了過來。

接下來一個較大的鎮子是勞德沃特鎮，南森看看導航儀，又向旁邊的樹林看了看。

「海倫，本傑明，我會在前面的出口離開高速公路，我會把車停在路邊，你們看着我的車，然後降落下來和我會合。」南森説着就開始變道，向最近的出口開去。

海倫和本傑明收到了南森的指令，他們飛快地向高速公路這邊飛來，在空中看到了南森的車。南森已經開出了高速公路，他把車開進一條偏僻的小路，隨後在路邊停了下來。

不到半分鐘，海倫和本傑明從天而降，落在了汽車旁邊。他們落地後，唸魔法口訣離開了兩個小奧奇的身體。南森他們也下了車。

「累了吧？」南森看看落在身邊的海倫，本傑明正在把一個小奧奇扶起來靠在樹上。

「有一點。」海倫説，「真是耗費體力和魔力呀。」

「所以説奧奇要是飛這麼長時間，一定會比你們還累，它又不是飛行類的魔怪，還遭到我們的持續圍攻，身上一定有傷。」南森平靜地説，「我想奧奇飛不了這麼遠，所以我們在這裏，向回搜索，搜索你們找到的第二條路徑。」

「好的，我感覺奧奇有可能藏身在第二條路徑上。」本傑明説，「保羅，你説呢？」

「我覺得……奧奇在第二條路徑上的可能性在百分之五十到百分之百之間。」保羅有些得意地説，「這是我最新統計的結果。」

「噢，這個可能性不算低呀。」本傑明眉毛一挑。

「本傑明，你飛累了吧？我上去飛一會。」派恩面無表情地看看本傑明，「不用謝。」

「誰要謝你？你在想什麼呢？告訴你，我一點也不累。」本傑明不客氣地說。

「我休息一會吧。」海倫說道，「派恩，你接替我，注意飛行高度，不要飛太低。」

「我知道。」派恩滿不在乎地說，「你們就等着我來個空中擒魔吧。」

南森讓保羅把熒幕升起來，他看着熒幕上的地圖，指了指。

「這次我們從這裏，先開車去沃布恩鎮，然後向赫德捷爾雷鎮方向飛行，最終飛到我們出發的地方。」南森把路徑告訴幾個小助手，「我們保持密切聯絡，走吧。」

本傑明拿着兩個小奧奇，上了車，海倫他們也上到車上。南森駕車掉頭，轉到一條車道上，隨後向不遠處的沃布恩鎮開去。此時，已經是下午五點了，天色有些暗了。

他們很快就到了沃布恩鎮，南森把車停在鎮子外的一條路上，本傑明和派恩下了車。他們各自抱着一個小奧奇，看看四周無人，他們先檢查和固定了一下幽靈雷達，隨後各唸一句魔法口訣，附體在小奧奇的身體裏。

本傑明和派恩唸魔法口訣起飛，他們快速升空，南森看到他們升空，也發動了汽車。

派恩剛才一直在車裏，感覺自己受到約束，現在他身

處空中，看着廣袤的地面，還被風吹着，感覺很舒服。

「嗨，本傑明，來個飛行比賽呀。」派恩靠近本傑明，挑戰一樣地説。

「你還記得我們是來幹什麼的嗎？」本傑明沒好氣地説，「看着地面，去找奧奇。」

派恩瞪了本傑明一眼，不過他還是照做了。讓他在空中飛行的目的，他還是知道的。

地面上，南森的車也開進了一條高速公路。這條高速公路的兩側，全是林葉茂盛的樹林。天空中，派恩和本傑明一個飛在高速公路的左側一公里處，一個飛在高速公路右側一公里處。兩人的下方，全都是樹林密谷，很容易讓魔怪藏身。

第十章　林中發現

為了看清楚地面情況，派恩好幾次壓向地面飛行，有一次幾乎略過一棵大樹的樹梢上。在汽車裏觀察的海倫立即通過耳機電話提醒了他，派恩無奈拉高了高度。

「這個派恩，這是在做飛行表演嗎？忽上忽下的很耗費魔力的。」海倫不滿意地說，「真拿他沒辦法呀。」

派恩忽然來個轉身，背對地面，仰視天空，風呼呼地從他耳邊呼嘯，他感到很得意，甚至閉上了眼睛，下面的樹林他也看不清，把搜索任務全交給幽靈雷達了。

「看地面，看地面——」派恩的耳機裏忽然傳來本傑明的聲音，派恩連忙睜開眼睛。

天空中，本傑明藏身的小奧奇從自己升空十多米的地方飛了過去。派恩一驚，連忙轉過身子，看着地面飛行。

「轉向，轉向——」本傑明的聲音再次傳來，「你在想什麼呢——」

地面上，密林帶開始蜿蜒轉向，他們的任務就是沿着密林帶飛行。派恩連忙轉向，開始沿着密林帶飛行。

本傑明已經飛遠，派恩邊追趕邊調整着自己的方向，他要保持和本傑明同向飛行，間距大概有兩公里。

地面上，南森的汽車已經接近赫德捷爾雷鎮，真是一個很大的市鎮。南森並沒有想開進這個市鎮，而是把車開上了鎮外的一條高速公路上，他要繞過赫德捷爾雷鎮。

密林帶也通過這個市鎮，過了這裏後，密林帶有個大轉彎，然後一直通向東側的倫敦北郊。本傑明飛過這個鎮後，隨着密林帶轉向；派恩經過市鎮的時候，感覺魔怪不可能藏在鎮子裏，看看本傑明已經飛遠，派恩又是一個轉身，背對着下面的市鎮，面對着天空。派恩覺得自己飄蕩在空中，這種感覺讓他感到很是自在。

似乎是在享受這種感覺，派恩飛過赫德捷爾雷鎮後，沒有及時調整方向，而是徑直飛了過去，他偏離了密林帶，而是向另外一片河谷森林飛去。

「派恩——派恩——你在哪裏——」本傑明的聲音再次傳來，「我看不到你，你飛去南極了嗎？」

「啊，我馬上來——」派恩嚇得立即轉身，看着地面，他發現自己的確飛錯了方向，連忙調整。

派恩剛在空中轉向，忽然，他感覺到幽靈雷達在震動，隨即，他感到身體被某種力量牽引向地面。

「博士——博士——」派恩猛地意識到什麼，「奧奇在召喚我——」

「派恩，不要緊張，記下地面方位資料，然後飛遠——」南森的語氣還是那麼平靜，「你現在位置報告一下。」

「赫德捷爾雷鎮東北方向，一公里多，我下面有個很大的湖。」派恩看着地面說，他在找尋奧奇，但是看不到，湖周邊的林木太茂盛。

「是曼特湖。」海倫看着保羅後背升起的熒幕地圖說，她也能聽到派恩的話，他們的耳機通話系統是連通在一起的，「距離我們兩公里多。」

「給派恩找個合適的地方降落，我們也去那裏。」南森對海倫說。

「派恩，你飛過湖，一直向北，馬上會看到一條高速公路，你在高速公路的北路降落。」海倫看着熒幕，稍微測算了一下，說道。

本傑明也得到了通知，他也要去先和派恩會合。派恩按照海倫的指引，向前飛了一分鐘多，看到了下面的高速公路，他連忙降落下去，落在了一個樹林裏。到了樹林後，派恩就從小奧奇身體裏出來，他很興奮，因為奧奇是他發現的。

派恩向樹林外走了幾米，十多米外，就是高速公路了，路上有車輛來往。這時，天空中有什麼一閃，很快，本傑明藏身的小奧奇就落了下來，派恩剛才已經把自己的具體位置告訴了本傑明。

「天下第一超級無敵魔幻小神探，知道奧奇的具體位置嗎？」本傑明穿越過幾棵樹，走向派恩，一見面就問。

「啊，你……你這麼說我感到很震驚，你終於認識到你自己遠不如我了……」派恩興奮起來。

「你算了吧，我是怕你自己先說出來這句話，我替你先說了。」本傑明擺了擺手，「具體位置知道了嗎？」

「就在南邊的樹林裏，它跑不了的。」派恩說，「我們兩個剛才沒有接受奧奇的召喚飛下去，沒事吧？」

「哎呀，博士說過了，兩個小奧奇被炸傷了，自己飛回來找奧奇，身體既受損，距離地面也高，一時沒有收到召喚信號，也沒什麼。」本傑明不屑地擺擺手。

「那就好。」派恩點點頭，他看了看遠處，天正在漸漸暗下來。

沒一會，南森他們把車停在路邊，然後走進樹林，派恩立即迎了上去。

「就在那邊，接到了一個信號，幽靈雷達也對信號定位了。」派恩急着說。

「幽靈雷達事先沒有發現魔怪反應，是奧奇發現替身找回來，於是發出召喚信號，被我們鎖定。這說明奧奇是隱身的，現在沒召回替身，應該又隱身了。」南森想了想，說道，他似乎有些憂心，「派恩，你現在先帶我們去發現奧奇的地方。」

派恩帶着大家，先是穿越過高速公路，然後進入到一片樹林中，這裏一直向南，就是奧奇藏身的地方了。剛才幽靈雷達已經把奧迪定位了，所以派恩按照幽靈雷達的指向，帶着大家向奧奇靠了過去。

樹林裏越來越暗，本來這裏陽光就照射不進來，天黑下來後，這裏更暗了。大家穿行了幾百米，派恩突然站住。

「就在前面，大概距離我們兩百米，不能在靠近了，如果要是抓捕，現在天黑了，有點難度呀。」派恩看着幽靈雷達，有些焦慮地說。

南森把幽靈雷達拿過來，仔細地看着。

「博士，沒有發現任何魔怪反應，一定是它自己遮罩掉了。」保羅說道。

「用無影紅外線探測它的位置。」南森看看保羅，說道，「老伙計，你先跟我來。」

南森帶着保羅，向前小心地走了幾米，隨後都躲在一棵大樹後，南森蹲下了身子。

「這個方向就是奧奇藏身的方向，使用無影紅外線，

必須有準確的定位方向才能穿越黑暗以及阻隔物，發現目標，我覺得這個定位方向已經很明確了。」南森小聲對保羅説，「可以在這裏發射紅外線嗎？」

「發射倒是沒問題，方向也準確，但是距離太遠，現在這裏完全暗了下來，我必須到一百米的位置才能看清楚。」保羅説着向前面射出了無影紅外線，因為是無影的，這束從保羅眼睛裏發射出來的兩道紅外線，是根本看不見的。

「如果你要靠近，一定要小心呀。」南森有些擔憂地説。

「放心吧，如果被發現，我會變成一隻狐狸，迷惑它。」保羅説着就向前跑去。

保羅是伏着身子跑的，南森看着保羅，有些緊張。他靠在樹後，隨時準備衝過去，不過他相信保羅能順利完成這個任務。

三分鐘後，一陣沙沙的聲音響起，保羅從一處灌木中鑽了出來。

「它在！我看見它了，就在一棵倒下來的大樹下，正在地上鋪草呢。」保羅興奮地説，不過聲音壓得很低，「我完全把它定位了。」

南森很高興，他把保羅帶回來，海倫他們迎了上來。

「發現奧奇了，它就在那邊。」南森説道，「它應該是感覺這裏很安全，正在鋪草，看起來要在這裏過夜了。」

「博士，那現在動手吧，不過天已經黑了……」本傑明激動地説。

「不能輕易動手，靠近的時候一旦被察覺，它利用天黑而脱身的概率很高。」南森説，「別忘了，它連魔怪反應都遮罩掉了，目前的敏感度一定是最高的。」

「那怎麼辦？」本傑明急着追問。

「明天一早動手，天亮之後，這樣它即使逃跑，難度也高。」南森説，「我們現在的任務就是先包圍它，先不要驚動它。」

「我們不能靠得太近，對吧？」本傑明又問。

「兩百米是我們的極限位置，保羅可以再近一些。」南森説，「這一晚上，要靠保羅了。它近距離監視奧奇，如果奧奇改變主意半夜要走，那我們只能實施抓捕了。」

「我會及時提醒你們。」保羅説。

南森做了一個布置，隨後，他向前走了幾米，躲在一棵樹後，保羅跟着他。

海倫他們開始包抄過去，海倫和本傑明一左一右，派恩在另一端，南森他們形成了一個包圍圈，包圍住了奧奇。

包圍圈形成後，保羅獨自鑽進灌木叢，隨後向前行進，他極其小心地行進了一百米，隨後躲在一棵樹後，把頭探了出去，向正前方開始發射無影紅外線。它一下就鎖定了奧奇，奧奇在射出的紅外線下完全成像，一舉一動都看得清楚，從這開始，保羅就要一直盯着奧奇。奧奇和保羅之間是隔着很多棵樹的，無影紅外線近距離有穿透能力，一旦距離拉遠，這種穿透力就大打折扣。

保羅靜靜地趴下，但一直盯着前面，他可以和南森他們通話，他在樹後的通話並不需要發出聲音，而是通過內部系統傳遞聲音信號。

「博士，奧奇鋪好草了，不過沒有睡覺，它坐在草堆上思考它的魔怪生涯呢。」保羅的聲音從南森的耳機裏傳

出。

「收到。」南森說，「盯住它。」

這一晚上不能好好休息了，南森通過耳機安排大家輪番休息，明早還有一場捉拿魔怪的大戰。大家也沒必要完

全耗在這裏，只不過一旦情況有變，保羅會立即通知，大家要一起出戰。南森都想好了，一旦奧奇改變主意離開這裏，大家要先射出一枚亮光球，照亮奧奇所處的區域。之所以此時不能用這個辦法直接捉拿奧奇，是因為這是沒有辦法的辦法，畢竟亮光球也只能照亮局部區域。

第十一章　沸騰的溪水

夜色已經籠罩了整個大地，樹林裏，一切都那麼寂靜，沒有了鳥叫，也沒有了蟲鳴。那些活動的動物，也不知道跑到哪裏去了。派恩找了一些樹葉，堆在一起，他趴在落葉上，心想，幸好這裏沒有什麼大型猛獸，否則被猛獸襲擊，一旦和猛獸交手，一定會驚動奧奇的。

正在這時，派恩忽然感到腳邊有「窸窸窣窣」的聲音，他心裏一驚，轉頭看去。魔法師在夜間的視力，都要比一般人強，所以雖然沒有燈光，他還是依稀看見一隻小刺蝟從自己的腳邊走過，小刺蝟沒有看見派恩，牠撞在派

恩的腿上，還想爬上去，但是沒有成功，於是沿着派恩的身子，一直走了過來。幾乎走到派恩的臉邊。

派恩對着小刺蝟吹了兩口氣，牠嚇得連忙轉身跑了。派恩得意地笑了，他轉過身子，躺在了落葉上。

「派恩，我是本傑明。」派恩的耳機裏，忽然傳來本傑明的聲音，「你在幹什麼呢？噢，算了，問了也白問，你也幹不了什麼好事……博士叫你十一點後就可以休息了，凌晨五點起來值班，聽到了嗎？」

「我知道，不用你說。」派恩回覆道，當然，他把聲音壓到最低。

「我是說注意你那個方向，要是奧奇從你那個方向跑了，哼……」本傑明很不客氣地說。

「你也要注意你那個方向，別只是盯着我。」派恩有些生氣地說，「別忘了，奧奇還是我發現的呢。」

「不按照規定路線飛向，你還很得意是嗎？」本傑明立即說，「好了，我現在先休息了。」

「這才幾點呀。」派恩喃喃自語。

那隻小刺蝟不知道跑到哪裏去了，派恩現在有些擔心再跑出一隻小狐狸來，咬自己一口。

保羅距離奧奇最近，還能觀察到奧奇的一舉一動。奧奇一直坐在草堆上，保羅一直也很緊張，生怕它起身離開

這裏。直到凌晨十二點，奧奇忽然倒了下去，躺在了草堆上，明顯是開始睡覺了。保羅的心這才放了下來，他只想着儘快到早上，只要天一亮就可以動手抓捕了。

夜晚的樹林很冷，魔法師們倒是不怕這個，只是這種等待非常的考驗人的耐心，如果不休息，他們哪裏也不能去，只能在原地靜靜地等待。

時間一分一秒的過去，進入下半夜，大概四點，是海倫值班的時間，如果奧奇有所動作，那麼醒着的魔法師第一時間會有所反應。

「它起來了——站起來了——」海倫正在抗拒着疲倦，保羅的聲音突然在耳機裏傳出，「它要走了——」

海倫什麼倦意都沒有了，立即向奧奇的位置跑去。

保羅監控着奧奇，那個奧奇剛才突然起身，隨後站起來，並且向前走了兩步，保羅立即發出警報。

奧奇向前走了兩步後，突然站住，轉身向草堆走去。

「海倫——停止——奧奇不想走——」海倫此時已經衝到距離奧奇不到五十米的地方，保羅的聲音傳來，海倫立即收住腳步，站在了那裏，一動不動的。

南森他們也被叫醒，他們全都開始向奧奇那裏收縮包圍，距離奧奇不到一百米的距離，保羅突然説奧奇又不想走了。大家立即站住，就像海倫一樣。

「它是在散步？還是猶疑中，反正它不想走了……」保羅看着奧奇，很是疑惑，「啊，它又重新坐下了，啊，它又躺下了——」

海倫站在原地，聽到保羅的話，小心翼翼地倒退了幾步，隨後轉身，躡手躡腳地往外走，她要避免距離太近而引起奧奇的注意。

南森他們也開始向外撤離，很快，大家都回到了原來的地方。保羅那邊，他看到奧奇躺下後，似乎又睡着了，他又鬆了一口氣，隨後把情況通報給大家。

「大半夜的，散什麼步呀。」本傑明沒好氣地説。

「海倫，繼續值班，其他人休息。」南森説着看看手錶，「再過兩個半小時就是日出，我們七點後動手。」

「但願那時候它還一直睡着。」本傑明説。

奧奇躺下去後，沒有再起來。一直到日出天亮，奧奇在六點半多醒來了，幾乎是伴着日出的時間。此時遠方的天空發白，但是樹林裏還是一片昏暗的。

南森他們全都起來了，他們來的時候，自帶了一些食物和水，匆匆吃下後，算是吃了早餐。

奧奇起來後，一直靠着身後那根樹幹，也不知道它在想什麼。保羅看着天空，想着樹林裏快點亮起來，不過天氣看起來又是一個陰天，亮起來沒有那麼快。七點多，樹

林終於有一些能見度，小助手們開始磨拳擦掌。

「現在開始對錶，我們五分鐘後動手。」南森看了看天空，隨後抬手看着手錶，「記住，一切按照我的計劃進行，先抵進它二十米的位置……」

南森又複述了一遍抓捕計劃，小助手們都牢記了。

五分鐘後，南森開始向前，逼進了奧奇。小助手們一起出發，南森很快來到保羅那裏，他沒停下，徑直向前走去，保羅連忙跟上了他。

很快，南森就來到奧奇所在位置，距離它將近二十米，南森通過樹之間的空隙，已經能看到奧奇了，奧奇還在那裏靠着樹幹。

「海倫，派恩，行動——」南森説道，向前走去。

「嗖——嗖——」，樹林中，兩條捆妖繩拋向了奧奇，奧奇還沒反應過來，捆妖繩就牢牢地捆住了它。

奧奇當即明白過來，它站了起來，本傑明吶喊着衝向奧奇的面前。

奧奇拚命掙脱捆妖繩，它一點也不想束手就擒，這邊本傑明一拳打來。奧奇連忙一閃，躲過了攻擊。

「噗——」，奧奇看掙脱不開捆妖繩，張嘴對着自己被捆住的身體，吐出一小團火焰，火焰在奧奇身上燒起來，奧奇痛得大叫，不過同時把兩根捆妖繩都燒斷了。衝到它身前的派恩，都被這個舉動嚇了一跳。

奧奇掙脱了繩索，立即拍滅了那股火焰，它的身體還冒着煙，急匆匆地向外衝去，不過它迎面就遇到了南森，南森一拳打來，奧奇連忙一躲，南森又是一拳，奧奇伸手擋住，保羅衝上來咬住了奧奇的衣角，用力拖拽奧奇，想把奧奇拽倒。奧奇發狠，急着逃出去，它大吼一聲，用力一甩，先是把保羅甩開；南森跟着被奧奇掄起的雙臂打中，南森一個踉蹌，差點摔倒。

海倫衝過去扶住南森，南森試圖站起來，但是沒有成功，海倫用力把南森扶住並站好。

「老了，真的老了。」南森有些尷尬地説，「居然被它給甩開了。」

這邊，急着逃走的奧奇被本傑明和派恩雙雙圍攻，奧奇拚命抵抗，本傑明和派恩互相配合，一個主攻奧奇的正面，一個從後側襲擊，打得倒是有聲有色。奧奇連續挨了好幾下拳腳，出現了無力招架的跡象。

南森剛才被甩開的時候，似乎扭傷了腰，海倫讓南森站在一邊，自己衝上去參加圍攻奧奇，保羅也重新爬了起來，在三人的圍攻中，找機會就衝上去咬奧奇。

奧奇從剛才自己躺着的樹幹前，一直打倒近百米外的一條小溪邊，它慌不擇路地跳進小溪，溪水不深，剛剛到它的腳腕。本傑明跟着就跳進溪水裏，連連出拳，派恩縱身一躍，一腳踢在奧奇的後腰上，奧奇慘叫一聲，迎面倒在水中，水花四濺。這時，海倫也跳進水裏，一隻腳一下就踩在奧奇的後背上，奧奇努力地掙扎了兩下，不但沒有掙脫壓制，本傑明的一隻腳也踩了上來。

南森恢復了很多，他衝到小溪邊，看到奧奇被壓制，他很高興，準備下到溪水裏把奧奇抓上岸。

奧奇抬着頭，它看到海倫他們三個都在水中，奧奇忽然大叫一聲。

「水沸騰——」

奧奇喊出的魔法口訣，它所在區域的溪水忽然開始翻滾，水温急劇上升，奧奇本身沒什麼事，本傑明和派恩的腳邊，溪水都開始翻騰氣泡了，海倫站着的溪水裏，沸騰的白煙都飄散出來。

三個小助手狂喊着，一起跳上了岸的那一邊，這邊保羅還想衝進水裏去要咬奧奇呢，被南森一把攔住。

「水結冰——」南森指着溪水，唸出一句魔法口訣。

溪水裏翻騰的氣泡頓時消滅，水面也開始平靜，隨即，水面開始結冰，冰面甚至發出冰裂的聲響。奧奇則被凍了在溪水裏。

派恩在岸邊跳躍着，他的雙腳都被燙傷了，本傑明也是，不過好在他們在滾燙的溪水裏的時間不長，海倫已經拿出了急救水，灑在他倆的腳上，自己也撒了一些。他們三個頓時好了很多。

奧奇被凍住，南森走上冰面，保羅衝在最前面，他張嘴對着奧奇的胳膊就咬了上去，奧奇被咬中，慘叫一聲。

南森伸手去抓奧奇，奧奇又默唸一句魔法口訣，它要解開凍住自己的冰面，在它的魔法控制下，冰面開始化解，還沒等冰面完全化開，奧奇用力一跳，掙脱了冰面，也掙脱的南森的手。

奧奇飛快地爬上岸，本傑明他們的燙傷在急救水的作用下基本恢復。看到奧奇又來了，他們三個一起圍了上去。

奧奇轉身就跑，它沿着小溪邊向西奔逃，派恩飛快地追上去，一拳打在奧奇後背上，奧奇向前踉蹌着，差點又被打趴在地上。它跳到一棵樹後，海倫一掌打開，奧奇轉到樹的另一邊，海倫再一掌把樹幹打斷了。

第十二章　空中的微笑

奧奇繼續奔逃，但是本傑明出現在它正面。它被三個小助手纏住，不遠處南森也衝了過來。

奧奇咬了咬牙，突然雙手推向地面。

「烈焰救急——」

隨着奧奇唸出的魔法口訣，地面上，出現了一股股的火焰，這些火焰的火苗，全部燒向海倫他們。

海倫他們一驚，連忙向後退，奧奇很得意，它和海倫他們的距離一下就拉開了，不再被圍攻了。

奧奇剛得意起來，就看到南森繞過一股烈焰，衝了過來。它急忙轉身奔逃了幾米，隨後縱身一躍，騰空而起，飛向了天空。

南森看到奧奇起飛，隨手甩出一枚凝固氣流彈，氣流彈飛向奧奇後爆炸，半空中一片白煙並且迅速籠蓋住地面。奧奇沒怎麼受傷，它鑽出了白煙，越飛越高。

「老伙計，發射追妖導彈——」南森大喊起來，他的聲音非常大，好像幾公里外都能被聽到。

保羅向前跳了兩步，他後背上的導彈發射架已經彈出，只有一枚追妖導彈。

天空中，奧奇也聽到了南森的喊聲，它冷笑着，唸了一句魔法口訣，頓時，它的身邊飛出了大概五十個替身小奧奇，小奧奇在奧奇的身後遍布，跟着奧奇一起飛行。

「嗖——」的一聲，地面上，一枚追妖導彈騰空而起，這是保羅發射的。追妖導彈快速飛過來，追上來後，面對眾多的奧奇，似乎猶疑了，它最終選擇了飛在最後的一個小奧奇，追上去把小奧奇炸得凌空慘爆。

一陣爆炸煙霧後，除兩個小奧奇被彈片輕傷，真奧奇和其餘替身毫髮未損，兩個受傷的小奧奇也迅速調整好，跟隨奧奇一起飛行。

再也沒有第二枚追妖導彈，保羅已經發射了他所攜帶的最後一枚導彈。

奧奇向前飛了兩百多米，隨後看了看身後，只有那些小奧奇緊緊飛在身邊，沒有導彈飛來。遠處南森所在的地面上，煙霧並沒有全部散去，南森正在孤零零地看着天空。奧奇得意地笑了起來，它這次又能成功脫逃了。

南森也沒有飛上來追趕，奧奇略微調整了一個方向，繼續飛行，它想着快點逃離這裏，不被追上。

奧奇努力地加速飛行，它看了看身體左邊飛行的一個小奧奇，小奧奇轉頭看了看奧奇，隨後微微一笑，還點了

點頭。

奧奇的右邊，一個小奧奇飛越了它，然後回過頭來，看着奧奇發笑。奧奇的眼睛都要瞪得掉出來了。

奧奇身體下面，一個小奧奇直接飛上來，對着奧奇就是一拳，處於驚呆狀態之中的奧奇根本就沒有防備，它慘叫一聲。奧奇控制的那些小奧奇，嚴格來說是沒有生命的，僅僅是掩護它的工具，小奧奇對着它笑，它當然吃驚。

被打中肚子的奧奇失去飛行控制，它開始向下掉落，身體右邊的那個小奧奇飛過去，一腳就踢在它身上。小奧奇儘管個頭不大，但是出手非常有力，奧奇被踢了一腳後，又是一聲慘叫，下落速度更快了。

奧奇下方的那個小奧奇開始跟着下落了幾十米，此時又飛上來，又是一拳打過來。這個時候的奧奇反應過來了，它知道自己其實是被魔法師在空中包圍着，它這次始終就沒有擺脱魔法師的圍捕。

奧奇調整了一下飛行姿態，躲過了小奧奇的攻擊，它努力地向前一竄，想快速逃離這裏，但是另外兩個小奧奇緊跟上來，各自拉住了奧奇的一條腿，下面的那個小奧奇飛上來，對着奧奇就是兩拳。奧奇在空中懸停，雙腿亂蹬，兩個小奧奇被踢開，奧奇擺脱了束縛，揮拳打在對它進行攻擊的小奧奇身上，小奧奇飛了出去，隨即恢復了真身，他就是派恩。

兩個拖住奧奇的小奧奇也恢復真身，他們是海倫和本傑明。這一切都是南森他們早就計劃好的，他們知道奧奇很有可能會飛着逃走；奧奇也知道魔法師們會有導彈，必定會使用替身來規避攻擊，所以趁它起飛的時候，海倫他們立即隱身來跟蹤飛行。追妖導彈打出後，如果被它的替身擋住，此時它會放鬆警惕，海倫他們再變化成小奧奇並突然襲擊，打它一個措手不及。

海倫他們被負隅頑抗的奧奇在空中打散，但是它跑不了，海倫他們完全包圍着奧奇，再進攻上去，這樣往復攻擊兩、三次，奧奇一定是招架不住的。

「海倫——你們先閃開——」地面上，忽然傳來了南森的聲音，南森已經在地面上追趕過來，此時奧奇距離地面不到一百米。

海倫他們聽到了南森的話，沒有圍上去進攻。地面上的南森，射出了一枚凝固氣流彈。奧奇看到凝固氣流彈飛來，躲閃不及，被氣流彈當場炸中，奧奇慘叫一聲，身體在空中翻滾起來。

第二枚氣流彈也被射過來，這次又準確地炸中了奧奇，奧奇先是騰空飛起了幾米，隨即完全失控，直直地掉

落向地面。

「好——打中了——」保羅興奮地叫了起來。

奧奇掉下來，距離南森他們有十幾米，就在快要落在地上的時候，奧奇突然彈起，向上飛行了幾米。南森似乎已經料到，就在它剛剛彈起的時候，一甩手，一枚凝固氣流彈再次飛出，打在奧奇身上，隨即爆炸。

奧奇這次沒有叫喊，當場直直地掉落在地上，它落地後甚至彈了一下，隨後在地上一動不動了。

南森和保羅衝上去，海倫他們也落下來。奧奇趴在地上，等到南森他們衝過來，奧奇的身體突然變成了一灘水一般的東西，隨後，這攤水分成了十多條帶狀物，開始向四周急速運動，看上去就像十多條小溪水在游動。

「啊——」海倫不禁叫了起來，她從未見過這樣的情景。

「分散逃跑呀！」南森説着看看地面，他忽然衝向一條帶狀物，用腳狠狠踩住。

派恩和本傑明也各自踩住一條帶狀物，南森擺了擺手。

「我抓住的是奧奇的真身，抓住真身就行，其他的，哼……」

被南森踩住的帶狀物在地上扭曲着翻滾，想要擺脱南

森，但是被南森牢牢地踩住，過了一分鐘，帶狀物不再扭動了，它徹底癱軟下來。

「不是用替身護體，就是想分身逃走。」南森冷笑着說，「它就是這套脱身術掌握得好。」

奧奇逃身的真身被制伏，隨後，另外十幾條帶狀物開始向真身匯聚過來，很快就和真身匯聚在一起，帶狀物又變成了一灘水，不到半分鐘，奧奇恢復了真身，只不過還是被南森踩着。

「啪——」的一聲，一塊石頭打在奧奇的胳膊上，發射石頭的是保羅，他剛才讓南森把四塊圓石頭放在自己的四個導彈發射管裏。

「可以了。」南森看看保羅，「老伙計，它跑不動了。」

海倫用捆妖繩把奧奇牢牢地捆起來，奧奇此時有氣無力的，它的魔力都要耗盡了，抵抗力基本上消失了。

本傑明和派恩把奧奇扶起來，然後讓它坐在地上，奧奇坐好後，身體還是軟的，背彎得很低，頭也低着。

抓住奧奇的地方，在一小片草地上，周圍都是茂密的樹叢。

「奧奇，我知道你叫奧奇。」南森蹲下身子，「現在説説吧，這一切是怎麼回事，青藤莊園裏的那個人，是你殺的吧？」

保羅衝上前一步，突然低下頭，他後背上的追妖導彈發射架露了出來，四個導彈發射管對着奧奇。奧奇看到發射管，本能地躲了躲。

「快點説！」派恩拉着捆着奧奇的捆妖繩，搖晃了兩下。

「我……我説。」奧奇微微抬抬頭，「是，是我殺的，我還吸了他的血，味道真是鮮呀……」

「還説這個，你還説這個——」派恩打了奧奇的腦袋一下，「吸血魔，嗜血鬼——」

「從頭説一下吧，你是一個吸血魔怪，這點已經很清楚了，那麼你是怎麼被封印在鏡子裏的？誰封印你的？什麼時間封印的？」南森繼續問道。

「我、我當年就在青藤城堡周圍遊蕩，那時候我剛成為一個吸血魔不久，就想找個人試一試我的吸血本事，我也需要鮮血。半夜的時候，我想潛伏城堡裏，還在想怎麼去抓一個人……可是……」奧奇緩了緩，「我沒想到，當時城堡裏剛好住着一個魔法師，是城堡主的親戚，叫迪阿多利，我剛溜進去，當場就被抓住了，被他察覺到了，可我怎麼知道城堡裏還住着一個魔法師呀，哎。」

「你沒有被魔法師解決嗎？僅僅被封印了？」本傑明

問道。

「被封印就是解決呀！」奧奇似乎還生氣了，「我是進入城堡後被抓住的，基本上等於什麼罪行都沒有，我確實沒害人。城堡主希爾森就説不要把我毀滅掉，後來魔法師和希爾森商量，把我封印在鏡子裏，今後有人打碎鏡子，我也就隨着碎裂的鏡子一起摧毀和消失掉。除非有人類的鮮血滴在鏡子上，封印才能被解除，可是這樣的可能性太小了，我被封印後就被放到一個箱子裏。」

「結果前幾天這件事成為了現實，園丁兼維修工喬里，用封印你的鏡子替換壞掉的鏡子，不小心割傷手，血滴在了鏡子上，封印解除了。」南森點着頭説。

「我不知道滴血上去的人叫什麼，反正那面鏡子被掛在牆上，封印也被那滴血解除了，這我當時就能感覺到，我終於可以從鏡子裏出來了。」奧奇仰着頭説，「我自由了，想去哪裏就去哪裏。可是我溜出去了一次，太可怕了，外面的情況我全都不認識了，我看見有人坐在一個盒子裏，盒子有軲轆，還會跑動……」

「那是汽車。」派恩説。

「隨便是什麼，反正我不懂。」奧奇滿不在乎地説，「我就回到鏡子裏，我想今後該怎麼辦，要去哪裏，我也不想一直躲在那面鏡子裏。」

「那你為什麼殺害拉米森？就是那個住在房間裏的男子，當時你從洗手間追出去，把他殺死在房間裏。」南森嚴肅地問。

「我要獲得更大魔力，我餓，我一直被封印在鏡子裏，幾百年了。」奧奇晃着身子説，「那天晚上他在洗手間裏，要刷牙，我從鏡子裏探出頭，把他嚇壞了，他就跑，我就追，他往房間裏跑，我追上去殺了他。我就是想殺了他吸血，然後躲回鏡子裏，沒有人會知道我在鏡子裏。我想先多外出幾次，等到熟悉了外面，我就離開那裏。你們要是晚來幾天，我就要走了……哎，我還是被發現了。」

「我當時敲擊鏡子，鏡子沒有碎，怎麼回事？你加固了鏡面？」南森又問。

「當然，既然我還要在鏡子裏待一段時間，就要確保鏡子的安全，我就對鏡子施了魔法，加固了鏡體，砸不壞，掉在地上也不會碎。」

「你怎麼吸血的？死者後頸沒有齒痕，只有一個出血點。」海倫想到一個問題。

「哼，不是每個吸血魔都用同一種辦法的。」奧奇説着張開嘴，它的舌下伸出一根細細的管狀物，頭部是尖的，管狀物外觀是粉紅色的，展示了一下，奧奇把管狀物

收回，「這是我的吸血方式，先刺破皮膚找到血管，然後就吸血。」

「封印在鏡子裏那麼多年，你的魔性還是那麼大呀，一遇到機會就殺人吸血。」南森感歎地説，「而且你毫無悔意……」

「來吧，把我裝進你們魔法師的那些瓶瓶罐罐裏吧！把我溶化掉吧，我早就想到有這麼一天的——」奧奇居然大叫起來。

「現在還真的不會把你收進裝魔瓶。」南森冷冷地説，隨後看看海倫，「我們把它押到魔法師聯合會去，關押起來，然後研究它這種刺管吸血的方式。這倒真是很少見的吸血方式，記錄下這個案例，放進我們的資料庫。」

大家押送着奧奇，把它送到了魔法師聯合會，關押起來。南森他們隨後回到了偵探所，通知警方案件已經解破，青藤莊園又能恢復以往平靜的生活了。

回到偵探所後，南森就靠在沙發上，他其實一直堅持着，這場偵訊連同追擊戰，他消耗很大，還受了些小傷。

「……年輕的時候，再大的行動，也感覺不到累。」南森靠着沙發，皺着眉。一邊的海倫，給他喝下一杯稀釋了的急救水，「今後這個偵探所，還是要靠你們，我覺得你們都長大了，也有能力了，我真有點想退休了……」

「博士，你要退休？」本傑明激動地說，「不行呀！我們幾個可和你差遠了……」

「經驗方面確實不如我，但我也是一點點積累經驗的，我也不是生下來就一百歲，有那麼多經驗的。」南森笑了笑，「放心吧，我可是一個最好的顧問呢……」

尾聲

五年後……

貝克街的魔幻偵探所，迎來了一個客人，本傑明去開門，保羅跟在本傑明旁邊。

客人也是熟人，他是麥克警長。

「……只有你在？海倫呢？」麥克接過會説話的茶几端出來的咖啡，喝了一口後問道。

「去超市了，我最近感覺她有購物狂的傾向。」本傑明有些神秘地説。

「噢，不過好像比較符合她的特點。」麥克笑了笑，「怎麼樣？本傑明主任，偵探所交給你和海倫這幾年，抓了好幾個很厲害的魔怪呢。」

「沒什麼啦，本來魔怪就少了很多。我們運氣好，辦理的幾個案子全都成功了。」本傑明很是謙虛地説，「這也多虧了博士的指導……呀，博士最近可忙起來了，天天在海邊釣魚，給我們送來好幾條呢，幾天都吃不完……」

「派恩呢？他在斯塔福德學院讀魔法術博士，也該畢業了吧？」麥克又問。

「今年畢業，說是正在論文答辯。」保羅在一邊說，「本傑明說他怎麼看都不像一個博士。」

「我這麼說嗎？噢，好像是。」本傑明笑了笑。

「我說麥克警長，你來我們這裏，又是有什麼案件吧？」保羅走到麥克身邊，問道。

「我就不能走親訪友嗎？」麥克笑了起來，「這次不是談案件，我是……噢，好像海倫回來了吧？」

本傑明連忙去開門，果然是海倫，她一共提着四個大袋子。

「噢，謝謝。」海倫一進門就說道，「今天折扣商品可不少呀……啊，是麥克警長，你好。」

「你好，你今天可是大豐收呀。」麥克站了起來，「海倫，今天主要是來找你的，我們非常正式地請你幫忙……」

推理時間

麥克警長，蘇格蘭場（倫敦警察廳）高級督察，南森和警方的聯絡人，也是一名大偵探，屢破奇案。當然，他所偵辦的都是人類世界中的案件。一起來看看他偵辦過的案件，運用你的推理能力，想一想他是如何破案的呢？

違例泊車

麥克警長的朋友喬治一家，最近搬到了倫敦南郊的一間公寓，麥克前往做客，喬治親自去公寓大門前的路邊等待他的到來。

麥克應邀而來，喬治很高興，他們有説有笑地向公寓大樓走去。忽然，一輛林寶堅尼高檔跑車，停在了路邊，一個比較瘦的司機下車了。

「果然是高檔社區，停的車都這麼高檔。」麥克看了看那輛林寶堅尼，説道。

「確實是豪華跑車，這個車位昨天也停了一輛豪華車，我的車也停過在這裏，不過我的車可沒法和它們相比。」喬治笑了笑，說道。

麥克在喬治家待了四個小時，吃了晚餐，出來的時候已經是晚上了，喬治很客氣地送麥克出來。

「噢，違例泊車呀，要被拖走了。」喬治一出公寓大門就說道。

大門前的路邊，一輛拖車正要拖走那輛林寶堅尼，司機正在大聲地打電話。

「……我不能過去了，交通警說我違例泊車，正在拖走我的車呢，我要處理這件事——」司機對着電話，大聲地抱怨着。

「這裏……」麥克看了看喬治，「你的車不也曾經停在這裏嗎？它也被拖走了？」

「沒有呀。」喬治說道，「這裏好像是可以泊車的，不過我剛來這邊不久，也不是很清楚。」

「你看這個司機，我怎麼覺得他比我們剛來的時候看見的那個司機，要高大得多呢？」麥克疑惑地說。

「也許是換了司機吧？」喬治不解地看看麥克。

「這裏，並沒有交通警呀……」麥克想了想，他壓低了聲音，「我有辦法了……我懷疑這是一宗偷車案，司機假裝打電話說違例泊車被拖走，拖車也是偷車團夥的……」

麥克走向司機，看了看車牌號碼，又看看司機，聳聳肩。

「又看見你這輛車了，四小時之前，我還在市中心的肯辛頓公園的路邊看到你這輛車。沒錯，車牌尾號是三個『1』，當時好幾個人圍觀呀，真是輛漂亮的車呀。你剛才是在肯辛頓公園那邊吧？」

「是呀，就在那邊。可是現在要被拖走了。」司機很是無奈地説，「説我是違例泊車……」

「你不是違例泊車，你是盜竊車輛！」麥克説道，「我是警察……」

麥克抓到了一個偷車團夥，一切都如他判斷的一樣。

請問：麥克最終確定這是一個偷車團夥，關鍵點是在哪裏？

答案：就是麥克對司機的問話，麥克說四小時之前看到這輛車在市中心，但當時這輛車就在公寓大樓門口。「司機」順着麥克的話，說在市中心，完全是說謊。他不是真正的車主，當然不知道這輛車四小時之前在哪裏。

魔幻偵探所 53

古鏡

作　　者：關景峰
繪　　圖：陳焯嘉
責任編輯：黃楚雨
美術設計：李成宇
出　　版：新雅文化事業有限公司
香港英皇道499號北角工業大廈18樓
電話：（852）2138 7998
傳真：（852）2597 4003
網址：http://www.sunya.com.hk
電郵：marketing@sunya.com.hk
發　　行：香港聯合書刊物流有限公司
香港荃灣德士古道220-248號荃灣工業中心16樓
電話：（852）2150 2100
傳真：（852）2407 3062
電郵：info@suplogistics.com.hk
印　　刷：中華商務彩色印刷有限公司
香港新界大埔汀麗路36號
版　　次：二〇二三年一月初版

ISBN : 978-962-08-8142-8

18/F, North Point Industrial Building, 499 King's Road, Hong Kong
Published in Hong Kong SAR, China
Printed in China